성장판처럼 무럭무럭 열리는
초등소설 작가들의 이야기

별별책방

운서초등학교 책방글 지음

방글~

방글이 방글주니어 방토(방글토끼)

작가의 탄생

차례

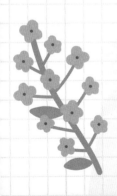

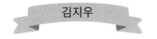
김지우

거울

오늘도 엄마의 찢어지는 호통 소리에 잠이 깼다.

"아휴, 빨리 안 일어날래! 학교 안 갈 거야? 빨리 일어나!"

듣기 싫어 이불을 온몸에 감아 둘둘 말아서 못 들은 척 침대 구석으로 피했다. 하지만 엄마가 이불을 걷어 올리면서 레이저가 나올 것 같은 눈빛으로 나를 바라봤다.

"얼른 안 일어날래! 도대체 몇 살인데 맨날 이러니?"

결국 짜증을 내면서 일어났다.

"가기 싫은데 자꾸 아침마다 깨우니까 그러잖아! 안 깨우면 되잖아!"

"학교에 안 가면 뭐 할 건데, 계속 게임하고 잠자려고 태어났니? 학생이 학교에 가야지!"

맨날 똑같은 잔소리를 하는 엄마를 밀치면서 화장실로 갔다. 대충 세수를 하고 거울 속의 나를 본다.

'아, 아무것도 하기 싫다. 학교도 가기 싫고, 일어나는 것도 하기 싫다.'

초점 없는 눈동자를 한동안 바라보다가 '그냥 죽어 버릴까?' 하는 생각이 들었다.

"빨리 안 나와! 쟤는 왜 이렇게 속을 썩이는 건지 그러다 지각해! 빨리 나와 학교 가!"

엄마의 호통 소리에 정신을 차리고 대충 옷을 입고 학교에 갔다.

지겨운 일상.

아무 생각 없이 수업을 듣고 친구와 쓸데없는 이야기를 한다. 게임 할 때만 살아 있는 것 같고 일상은 시시하고 재미가 없다. 친구와도 게임 이야기 말고는 할 말이 없다. 게임 레벨이 올라갈수록 내 삶의 레벨은 내려가는 것 같은 기분이다.

지금처럼 삶이 무의미하게 느껴지는 순간, 누군가가 나를 알아주었으면 싶다.

'뜨르르르, 뜨르르르.'

핸드폰 액정에 '엄마'라는 두 자가 계속 뜨고 있었다. 오늘 학원을 빠져서 엄마에게 연락이 간 모양이다.

한참을 핸드폰이 계속 울리다가 문자 한 통이 왔다.

'너 왜 이렇게 힘들게 하니? 자꾸 이럴 거면 집에 들어오지 마!'

'아, 돌아가고 싶지 않았는데. 잘됐네.'

주머니 속에 손을 넣고 뒤적거려서 얼마가 있나 봤다. 7,000원, 저녁은 해결할 수 있겠다.

몇 시간 동안 하염없이 길을 걸었다. 여기가 어디인지 모를 때쯤 편의점을 찾아 라면을 먹었다.

'아, 살기 싫어도 살아있으면 배는 고프구나!'

라면 국물로 따뜻함과 배고픔을 채우고 길을 나섰다. 편의점 앞 건널목에 서 있는데 할머니가 지팡이를 짚고 고개를 숙인 채 길을 건너고 있었다. 신호등이 빨간불인 도로 위로 트럭 한 대가 할머니를 못 본 듯 전속력으로 달려오고 있었다. 주위에는 할머니와 나 둘뿐이었다.

'젠장!'

잽싸게 할머니를 편의점 앞으로 데리고 오다가 턱에 걸려 넘어지고 말았다.

'쿵, 쿵!'

"어, 어, 어, 아야!"

순간 눈앞에 별이 번쩍했다.

"아이고, 아이고, 나 죽네! 이놈아, 죽을 뻔했잖아! 아이고."

할머니는 고꾸라진 내 위로 엎어졌다가 이내 지팡이를 찾아 일어났다.

"할머니. 빨간 불에 가시면 어떡해요! 진짜 죽을 뻔하셨다고요!"

도와줬더니 호통치는 할머니가 원망스러워 툴툴거리면서 말했다.

"아야, 에이."

손바닥이며 팔꿈치가 바닥에 긁혔는지 피가 송글송글 맺히고 따가웠다. 힘겹게 바닥에서 일어나 보니 할머니는 어느새 편의점 앞 의자에 앉아계셨다.

"아이고, 다리야. 얘야! 이리 와봐!"

또 무슨 말을 할까? 짜증 난 눈빛을 하면서 할머니에게 슬금슬금 다가갔다.

"왜요? 진짜, 위험해서 그런 거예요!"

"옜다. 이거 받아라."

할머니가 손에 뭔가를 줬다.

"뭐예요? 이게?"

어리둥절한 나는 할머니를 바라봤다.

"구해줬다며. 은혜는 갚아야지. 선물이다!"

손에 주어진 선물은 딱 보아도 오래된 손거울이었다.

"됐어요. 안 주셔도 돼요!"

다시 돌려드리려고 하자 지팡이로 내 다친 다리를 툭 쳤다.

"아야, 아파요."

"이놈아, 어른이 고마워서 선물 주는 거니 받아!"

"싫어요. 할머니가 쓰던 오래된 거울이잖아요. 전 누가 쓰던 거 안 써요!"

"이건 그냥 거울이 아니야. 인생을 바꿀만한 거울이야! 그러니 잔말 말고 받아!"

그러면서 터덜터덜 지팡이를 짚고는 유유히 사라졌다. 난 더 이상 걷는 것도 힘들었다.

"뭐, 이딴 걸 주고 그래! 버리기도 그렇고 참, 짜증 나네!"

거울을 주머니에 넣고 어쩔 수 없이 집으로 돌아갔다.

'삐삐삑. 드르륵.'

"어디서 뭘 하다 이제 와! 내가 못 살아!"

집에 들어가자마자 엄마의 잔소리에 머리가 울려온다.

"꼴은 이게 뭐야! 또 싸웠니? 누구랑 또 뭘 했기에 이 꼴로 와?"

"내가 너 때문에 제 명에 못 살아. 못살아!"

아까 넘어지면서 엉망인 교복과 상처투성이의 몸을 보면서 엄마의 잔소리가 이어진다.

"너 친구랑 싸워서 학원 안 간 거야? 정말 뭐가 되려고 하니? 도대체 왜 그래? 뭐가 문제야? 얘길 해야 알지 도대체 뭣 때문에 이러는 거야!"

'아, 내 말은 듣지도 않으면서.'

아무 말 없이 방에 들어와 문을 잠갔다. 교복을 벗고 아까 다친 곳 중 피가 맺힌 곳을 대충 대일밴드로 붙였다.

오래 걸어서 그런지 다리가 아팠다. 밖에서는 잔소리가 잠잠해지면서 엄마의 울먹이는 소리가 들린다. 누군가에게 전화해 내 욕을 하고 있나 보다.

어느새 잠이 들었다가 일어나 보니 손에 아까 할머니가 준 거울이 있었다. 오래되었지만 소중히 간직했는지 손거울은 깨끗했다.

"깨끗하긴 하네. 음, 인생을 바꿀만한 거울? 치, 그런

게 어디 있어!"

"순 사기꾼 할머니네."

작은 손거울로 보는 내 얼굴은 불만 가득한 표정의 내가 있었다.

"네가 내 인생을 바꿔준다며, 난 이제 지치고 피곤해 재미있게 인생을 바꿔 줘봐."

조그만 손거울을 비웃으며 말했다.

"하! 인생 거울? 그런 게 어디 있어! 가지고 온 내가 바보지.'

거울을 침대 끝에 던져버리고는 이내 잠이 들었다.

"빨리 일어나!" 문이 벌컥 열렸다.

"어머, 얘가 어딜 갔어! 이게 뭐야? 아휴, 내가 못 살아!"

엄마가 침대 주변을 여기저기 찾는다.

"저 여기 있어요!"

화장실에서 깔끔하게 교복을 입은 내가 대답했다.

"어머, 어머. 네가 웬일이야!"

"어제 많이 잤는지 일찍 일어났어요! 학교 다녀올게요."

밝은 표정으로 엄마에게 인사를 했다. 어이가 없지만 엄마는 기쁜 표정을 감추지 못했다.

"오늘 해가 서쪽에서 떴나? 그래 학교 잘 다녀오렴. 자 이거 침대 있던데."

"아 맞다. 어제 어떤 할머니가 주셨어요! 감사합니다."

"그래, 조심해 다녀오렴."

지금까지 본 적 없는 엄마의 다정한 미소를 보면서 집을 나섰다. 상쾌한 공기. 학교 가는 길도 너무 즐겁다. 오늘은 어떤 즐거운 일이 일어날까?

학교 선생님의 수업도 친구들과의 무의미한 수다도 놀이도 너무 재미있다.

"너 오늘 왜 그렇게 웃고 있어!"

친구가 뾰로통한 표정을 지으면서 말한다.

"너 요즘 맨날 이러고 있잖아! 뭐~ 네가 웃고 있으니깐 내가 다 좋다!! 하하"

"몰라. 그냥 즐거워 웃음이 나! 네가 있어서 그런가 보지. 하하."

웃음 바이러스가 퍼진 것 처럼 교실이 웃음바다가 된다.

'드르륵.'

선생님이 내 이름을 불렀다.

"자 주목 어제 우리 반 친구가 무단횡단을 하는 할머니를 구해주었다고 경찰서에서

표창장을 준다고 연락이 왔다. 자 친구에게 박수!"

선생님이 다가와서 등을 토닥여 주었다.

"어휴, 장한 일했네. 요즘 말썽만 피우더니 간만에 착한 일 했네."

"네~ 감사합니다. 앞으로 말썽 안 피우고 잘할게요. 선생님."

"그래, 그래. 고맙다!"

선생님은 이게 뭐라고 활짝 웃었다. 선생님이 자리를 비우자마자 친구들이 우르르 몰려왔다.

"야, 언제 그랬어? 대단한데?"

"어제 길 가다가 우연히 그런 거야. 대단한 일도 아닌데 뭘."

"사람을 구한 건데 대단하지! 멋지다!"

"아니야. 할머니랑 나밖에 없었어. 그래서 그런 거야!"

"다른 사람이 있었으면 그 사람도 그랬을 거야! 그래도 칭찬해 줘서 고마워!"

우연히 한 선한 행동이 이렇게 큰 상을 받게 할 줄 몰랐다.

"다녀왔습니다."

집에 도착하자, 엄마가 선생님으로부터 연락을 받았는지 내가 온 줄도 모르고 전화 통화를 하고 있었다.

"어머머, 그러게 요즘에만 그랬지, 원래 심성이 착하다니깐."

"어머 왔어! 왔어! 그래, 나중에 연락할게."

뒤늦게 내가 온 걸 안 엄마는 급하게 전화를 끊었다.

"아휴, 내 새끼 왔어? 다리는 괜찮아? 얘는 어제 얘길 하지. 엄마는 그런 줄 몰랐잖니?"

어제 다친 곳을 이리저리 살피시며 걱정스러운 표정으로 바라본다.

"이게 뭐야. 상처 안 나게 엄마 다시 해줄게. 잠깐만 기다려."

후다닥 엄마는 어느새 약상자를 앞으로 가지고 와서 어제 붙인 대일 밴드를 떼고 다시 상처를 정성껏 치료해 주신다.

"담에는 그런 일 있으면 엄마한테 얘기해! 엄마는 또 그냥 학원 빠진 줄 알았잖아!"

"엄마. 요즘 속상하게 해드려 죄송했어요."

"어머, 어머, 얘가 왜 그래?"

발등으로 엄마의 눈물이 떨어진다.

"엄마가 너무 기뻐서 우는 거야. 엄마 속상해서 우는 거 아니야."

"엄마, 이제 잘할게요."

"엄마도 너한테 소리치고 싸움했다고 오해해서 미안해!"

"네, 엄마 사랑해요!"

나는 엄마를 꼭 안았다.

"어머, 얘가 왜 이래. 엄마도 널 너무 사랑해. 고마워!

엄마는 나를 안고 행복하게 웃었다. 그 뒤에도 엄마는 얼마나 기뻤는지 여기저기 전화를 돌리면서 내 자랑을 하고 있었다.

방으로 들어와 어제 받은 손거울 봤다.

"넌, 누구야? 왜 내가 아니 네가 거기 있는 거야?"

손거울 밖 내가 웃으며 말했다.

"난 너야. 내면의 너. 긍정과 즐거움의 너지."

"뭐? 말도 안 되는 소리. 도대체 난 왜 여기 있는 거야! 왜 네가 거기 있고 내가 여기 있냐고!"

거울 안에서 소리치면서 거울 밖 나에게 말했다.

"넌 어차피 삶을 재미 없어 했잖아! 난 즐겁고 재밌게 살아갈 수 있어! 오늘만 봐도 알 수 있잖아!"

거울 속 나를 비웃듯이 거울 밖 내가 말했다.

"싫어! 넌 내가 아니야! 나를 돌려줘! 여기 있기 싫어!"

혼란스러운 듯이 거울 속 내가 거울 밖 나에게 부탁하며 말했다.

"음, 네 주변 사람들은 거울 속 너 보다 나를 더 좋아하는 것 같은데."

즐거웠던 오늘 일을 떠올리며 거울 속 나에게 말했다.

"나도 즐겁게 너처럼 살아갈 수 있어! 너도 나라며. "

"난 거울 밖에서 살고 싶어! 여긴 춥고 외로워."

불쌍하고 간절하게 거울 속 밖에 나에게 말했다.

"음, 즐거웠는데. 하루 만에 바꾸는 건 왠지 손해 같은데."

"뭘 원하는데. 내가 뭘 하면 되는데? 말해봐! 뭐든 할 수 있어!"

고민하고 있는 거울 밖 나에게 간절하게 말했다.

"그럼, 무기력하고 불만 가득한 네가 아닌 지금의 내 모습처럼 살아가겠다고 다짐해 봐!"

"알았어! 네 모습처럼 즐겁고 감사한 마음으로 삶을 살아 갈게 제발 나를 돌려줘!"

나를 한참 쳐다보더니 결심한 듯이 거울 밖 내가 말했

다.

"그래 알았어! 대신 이 손거울을 버리지 말아야 해!"

"내가 누군가에게 갈 때까지 나를 깨끗이 돌봐줘. 그렇지 않으면 알지?"

나는 고개를 계속 끄덕이며 손을 모아 말했다.

"알았어! 꼭 그렇게 할게~ 고마워! 고마워!"

"고마워! 고마워!"

"어머~ 얘가 왜 이래. 일어나봐!"

벌떡, 헉! 헉헉. 눈을 뜨니 여긴 내 침대다!

눈앞에는 엄마가 걱정스러운 표정으로 나를 바라본다.

"어머 얘가 식은땀까지 흘리고 괜찮아?"

나는 손을 뻗어 엄마의 얼굴을 만졌다.

"엄마야? 엄마, 엄마, 사랑해요,"

"무서운 꿈꿨니?"

"어, 무서운 꿈이었어! 엄마, 나 살아 있는 거지."

"얘가 뭔 뚱딴지같은 소리하고 있어! 확, 깨물어 줄까?"

"아니, 아니야."

나는 엄마를 안았다.

"얘가 왜 이래. 다쳐서 몸이 안 좋나. 맛있는 거 해줄게 얼른 저녁 먹자!"

나는 거울 밖 나를 보며 깨달았다. 내가 하는 말과 행동에 따라 나의 삶도 바꿀 수 있다는 것을 거울 속 안의 내가 웃으며 나를 바라본다.

길찬

난 현재 75세다

난 현재 75세다. 지금까지 잊지 못하는 사건을 이야기하려고 한다.

그 일은 40년 전 내가 처음 다니던 회사에서 일어났던 사건이다. 난 범죄를 조사하고 해결하는 일을 맡고 있는 회사에 다녔다. 회사라고는 하지만 비밀조직에 가까웠다. 내가 처음 맡았던 일은 하필 교도소 내 살인사건이었다. 할 수만 있다면 피하고 싶었던 사건의 유형이었다. 난 피를 보면 구역질이 난다. 그것이 사진이든 실제이든 심지어 그림이든. 특히나 사람의 피를 보는 것은 최악이다. 뻔

초등소설 작가 단편 모음집

히 다 알면서 나에게 이 사건을 맡긴 건 회사에서 일부러 나를 시험하려는 의도가 있다고 생각할 수밖에 없었다. 하지만 난 피하지 않았다. 이 사건을 계기로 살인사건을 극복할 수 있을 것이라고 생각했다. 말이 좀 길어졌다.

난 사건 현장을 찾아갔다. 시신은 이미 치워진 뒤였고 생각보다 몰려든 사람은 많지 않았다. 없었다. 현장에 있던 사람들 중 한 사람이 말했다.

"분명 이 죄수가 사망한 이유는 땅콩과 빵 때문이야."

이 사람의 말은 조금 일리가 있었지만 내 생각은 달랐다. 땅콩과 빵 때문이 아니라 다른 사람이나 물건에 독을 발라 죽인 것 같았다. 삼 일 뒤 드디어 용의자를 찾았다. 첫 번째 용의자는 교도관이었고 두 번째 용의자는 교도관과 사이가 가까운 죄수였다. 마지막 세 번째는 심리상담가였다. 나는 용의자 중 누가 범인인지는 확실하지 않기 때문에 다음 날 교도소에 다시 찾아갔다. 교도소에서 어떤 죄수가 나를 보고 말을 했다.

"교도관이 죄수가 사망하기 전에 교도소에서 계속 욕을 하고 때렸어요."

그 죄수는 나에게 교도관이 범인이라고 말하는 것 같았다.

다음 날 내가 집에서 쉬고 있던 날 갑작스러운 전화 한 통이 왔다.

"저는 당신의 조수가 되고 싶습니다. 저를 조수로 삼아 주세요."

나에게 전화를 한 사람은 교도소 관계자였다. 내가 이 사건을 맡게 된 걸 어떻게 알았을까? 어쨌든 교도소에서 일하는 사람이니 도움이 될 수 있을 것 같았다. 난 그를 조수로 채용했다. 전화를 끊고 얼마 지나지 않아 또 한 통 의 전화가 울렸다.

"저, 팀장님. 빨리 회사로 오셔야겠어요."

헐레벌떡 집을 나섰다. 사무실에 들어서자마자 동료가 내 팔을 잡아끌었다.

"이 것좀 보세요. 팀장님."

동료는 CCTV를 보여주었다. 영상에는 교도관과 죄수 가 말 싸움 하는 장면이 찍혀있었다.

"아. 이걸 쏟으면 어떡해? 네가 이거 다 치울 거야?"

"죄송합니다."

"그럼 어쩔 거야. 내가 항상 다 치워야 해? 내가 니 하 인이야?"

교도관이 죄수에게 폭언을 쏟아부었다. 죄수는 기가 죽

어 있었고 항상 무언가를 떨어뜨리거나 쏟는 것 같았다. 그럴 때마다 교도관이 계속 치워줬던 모양이다. 교도관은 그 죄수가 하도 떨어뜨려서 화를 내는 것 같았다.

사건 5일째, 조수가 나에게 정보를 하나 알려주었다. 이번 정보도 그 교도관에 관한 이야기였다. 교도관이 죄수를 마음에 안 들 때마다 몰래 밖으로 데려가 폭행했다는 정보였다. 하지만 증거가 부족하기 때문에 교도관이라고 확신을 지일 수는 없었다. 다시 한번 더 교도소를 방문했다. 교도소에 교도관과 친했던 죄수는 살해당한 죄수 옆방에 있었다. 난 면담을 부탁했다. 하지만 그는 거절했다. 교도소를 방문 할 때 따라온 조수는 교도관과 친했던 죄수가 분명 범인이거나 조력자일 거라고 말했다.

그날 저녁 뉴스를 보다가 한 가지 사실을 알아냈다. 뉴스에서는 이 사건을 집중으로 다루면서 심리상담가의 아버지가 어떤 사건으로 갑작스럽게 사망했다고 보고했다. 다음 날 난 심리상담가에게 아버지가 어떤 사건으로 사망했는지 물어봤다. 그녀는 살인사건이라고 말했고 그 이상을 말해줄 수 없다고 했다. 난 그녀와 말하는 내내 습관처럼 노트에 메모했다.

그런데 며칠 뒤 내 노트가 사라졌다. 내 사무실에는 엄마와 조수만 들어갈 수 있다. 난 엄마에게 전화했다.

"엄마 혹시 여기 있던 노트 못 보셨나요?"

"그걸 내가 어떻게 알아? 다른데도 찾아봐."

엄마는 당황스럽다는 듯 전화를 끊었다. 나는 심리상
담가를 만나고 돌아오는 길에 들렀던 마트에도 가보았다.
결국 찾지 못했다.

'혹시 조수가 가져갔나?'

나는 급하게 다시 조수에게 전화를 걸었다. 하지만 돌
아오는 대답은 같았다. 그 후로 모든 기록을 내 휴대폰에
남길 수 밖에 없었다.

집에 돌아와서 컴퓨터 앞에 앉아 수많은 기사를 알아보
기 좋게 다시 정리했다. 기사들 중 하나에서는 사망한 죄
수를 죽인 사람이 교도관일 확률이 높다고 했고 여러 기
사에 교도관을 범인으로 단정짓고 있었다. 난 빨리 기사
를 휴대폰에 다시 옮겨 담았다.

사건 15일째 부장님에게 갑자기 문자가 왔다. 이제 곧
기간이 얼마 안 남았다고 했다.

달력을 보니 약 16일 정도 남았다. 난 한 일주일 정도
를 회사와 집을 계속 들락거리면서 일을 했지만 그 사건

에 관한 추가 기사는 없었다. 그러던 어느 날 심리상담가가 화학을 전공했다는 사실을 알았다. 난 대수롭지 않게 여겼지만 동료는 그녀가 범인일 가능성이 아주 높다고 했다. 하지만 난 그 말을 믿지 않았고 교도관을 계속 몰아갔다. 내 조수도 교도관이 맞다고 생각한 것 같았다. 난 교도관이 확실하다 생각해 부장님께 교도관이라고 말씀을 드렸지만 한번 더 기회를 주겠다고 했다. 하지만 난 내 뜻을 굽히지 않고 교도관이라고 확정 지었다.

"좋아, 그렇다면 2주 뒤에 결과를 알려주지. 만약 교도관이 범인이 아니면 자네는 퇴사야!"

2주 뒤 난 퇴사했다. 그 후로 조수는 보이지 않았다. 전화를 해도 받지 않았다. 결국 없는 번호라는 안내 음성이 들렸다. 전화벨이 울렸다. 부장님이었다.
"얘기 들었네. 조수에게 배신을 당했다고. 한 번 더 기회를 주지."
퇴사가 확정이 났을 때 난 세상이 무너지는 줄 알았다. 난 조수가 왜 나에게 일부러 접근해서 날 혼란에 빠뜨렸는지 이해할 수 없었다.

"3일 주겠네. 해결해 와. 심리상담가를 더 밀착해서 알아보고."

'만약 심리상담가도 아니면 어쩌지?'

난 퇴사를 당했지만 억울한 심리상담가를 감옥에 가두고 싶지 않았다. 난 3일 동안 미친 듯이 조사를 했다. 죄수를 관찰하는 관찰일지를 교도관으로부터 받았다.

"드디어 찾았어!"

사망한 죄수는 책을 읽을 때 책 모서리에 침을 묻히고 넘기는 습관이 있었다. 심리상담사의 아버지를 죽였던 범인이 바로 살해당한 죄수였고 심리상담사는 복수를 하기 위해 죄수 상담을 할 때 권해 준 책 모서리에 일부러 맛도 향도 없는 독을 적셔놓았던 거였다. 문득 죄수가 남긴 물건을 살펴볼 때 유독 책이 많았다고 생각했는데 역시나 심리와 관련된 책들이었다. 난 회사로 달려갔다.

"부장님. 심리상담사 범인 맞습니다."

난 증거자료들을 출력해 부장 앞에 던졌다.

"수고했네. 복직해."

"아니요. 전 퇴사하겠습니다!"

주머니에 구겨 넣어둔 사표를 부장의 손에 쥐어주고 회사를 뒤로하고 나왔다. 이 사건은 시대의 사건으로 남았고 해결의 중심에 있던 나를 세상이 알게 되었다. 난 내 이름을 걸고 회사를 세웠다.

시크릿 클루.
-탐정사무소-
대표: 찬

나른한 햇살이 사무실을 비추던 어느 날 오후 범상치 않은 의뢰인 찾아왔다. 검은 양복을 입은 남자가 버거운 듯이 가방을 위에 올려놓았다.

'딸칵.'

가방 문이 열렸다.

"이 사건을 해결하면 이 돈을 당신에게 주겠소. 제안을 받아들이겠소?"

"제대로 찾아왔군."

서류 가방 속 금괴가 눈이 부시게 반짝거렸다.

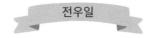

도심 속 행복 카페

전갈자리인 나의 어머니
그리고 이 책을 읽는 모든 독자들에게

부스스하게 눈을 떴다. 머리맡에 놓인 시계를 보니 오전 9시였다.

"헉 늦었다!"

보통이면 나갈 준비를 30분 해야 하지만 급한 나머지 5분 만에 나갈 준비를 끝냈다. 불행 중 다행으로 버스정류장에 도착하자마자 버스가 도착했다.

"휴 한숨 돌렸네"

나는 이마에 난 땀을 손수건으로 닦으며 중얼거렸다. 오늘도 다른 날과 같이 버스 밖에서는 무서울 정도로 비가 내리고 있었다. 버스를 타고 얼마나 갔을까 드디어 내가 내릴 정류소에 도착했다.

우산을 펴자, 마치 비들이 서로 대결하듯 우산을 강타했다. 다행히 늦지 않게 도착할 수 있었다.

카페를 오픈하고 전등을 켜고 앞치마를 두르고 카페 구석에 있는 고양이 포르체를 깨우러 다가갔다.

포르체는 알고 있다는 것처럼 일어나 있었다

"포르체 일어나서~엉"

고양이 포르체는 대답하듯 야옹 하고 울었다! 사실 포르체는 겨울에 박스 안에서 떨고 있던 고양이이다.

"아! 내 소개를 안 했네. 내 이름은 안동진이고 우리 카페는 아주 특별한 카페다. 온 세상이 슬픈 가운데 행복을 가진 내가 행복을 가공해 음료로 만들어 판다. 뭐 이상할 수도 있는데 우리 세상은 감정으로 물건이나 음식을 만들 수 있다. 그리고 이 세상에서는 살아있는 한 감정을 느낀다. 물론 모두 슬픔만 느끼지만."

한마디로 세상에 단 하나인 고양이 카페다.

오늘은 유난히 사람이 없었다. 포르테는 흔들의자에 앉

은 내 무릎 위에 앉아 애교를 부렸다.

"딸랑~"

문에 달린 벨이 울렸다. 나는 번개처럼 빠르게 의자에서 일어나 계산대로 뛰어갔다. 그 사람 눈에는 내가 처음부터 계산대에 있는 줄 알았을 거다.

"어서 오세요."

남자였다. 한 손에 꽃이 들려 있는 거로 봐서는 고백했다 차인 듯했다.

"행복 라떼 한잔이요" 약간 흔들리는 말투로 말했다.

"또 삭발하셨네요." 남자는 울먹이며 대답했다.

"네, 이번으로 5번째 차인 거예요. 그래도 여기 덕분에 기분이 좋아져요."

남자는 피식 웃었다. 이 남자는 2번째로 차였을 때 골목을 걷다 우연히 우리 카페로 들어 온 것이다. 포르체는 위로하듯이 남자의 품속에 들어갔다

나는 익숙히 병 바닥에 병 행복 시럽을 바닥에 깔고 따뜻한 우유를 넣고 위에 코코아 파우더를 하트 모양으로 만든 다음 위에 꿀이 고이게 만든다. 그럼, 행복 라떼 완성! 남자는 행복 음료를 한 번에 다 마시고는 나에게 물었지.

"오늘도 여전히 3페니인가요?"

"네 3페니만 주시면 됩니다."

나는 웃으며 대답했다. 남자는 여전히 어깨가 축 늘어져 있긴 했지만 그래도 들어올 때 보다 올라가 있어서 뿌듯했다.

그때 난 정신이 흐려지더니 갑작스레 쓰러져 버렸다 다행히 밖에 나갔던 남자가 큰 소리를 듣고는 달려오는 것이 보였다.

눈을 뜨자 간호사가 놀라며 말을 걸었다.

"괜찮으세요. 환자분? 선생님 39번 환자 일어났습니다."

다급하게 의사가 달려와 말했다 "환자분 괜찮으십니까? 환자분은 일주일 동안 너무 많은 양의 감정을 꺼내썼습니다. 일주일 동안 5번 꺼내셨더군요. 안전상 일주일에 3번만 꺼내십시오."

그제야 주변이 보였다. 중환자실이었다. 의사는 내가 일주일 동안 의식이 없었다고 이야기했다 그런데도 벌써 건강해진 나를 보고는 대단하다고 말했다.

이제 거의 감정이 사라졌고 남은 감정마저 준다면 감정이 모두 사라지니 조심하라고 말했다. 갑자기 눈앞이 캄캄해졌다.

카페로 돌아왔다. 문에는 '다시 올게요.'라는 포스트잇이 가득 붙어있었다. 무서웠다. 처음 느껴보는 절망감과 공포심은 실로 엄청났다. 더는 이 사람들에게 행복을 나누어 줄 수 없다. 안에 들어가자 홀쭉해진 포르체가 나를 반겼다. 하지만 포르체에게 밥을 줄 여유 따위는 없었다. 나도 이렇게 내가 싸늘해질지 몰랐다 마치 지금은 겨울에 코트를 안 입고 나간 것 같았다. 슬픔이란 이런 걸까. 아침이 왔다. 나가기 싫었다. 고양이 울음소리가 들렸다.

"포르체겠지."

난 혼잣말을 중얼거렸다. 모든 것을 놓친 기분이었다. 하지만 행복했다.

후유증 때문인지 오늘은 다른 날보다 힘들게 일어났다. 일어나도 개운하지 않다. 슬픔이란 이런 걸까 슬픔이란 원래 외로운 걸까? 슬픔은 원래 괴로운 걸까? 하지만 카페는 열어야 한다. 카페를 열었지만, 막상 기다려도 손님이 오지 않는다. 나는 주방에 들어가 설거지를 했다. 딸랑 문에 달린 종소리가 들린다. 주방에서 나가 계산대로 나왔다. 중년으로 보이는 여자가 서 있었다. 내가 뜸을 들이자 먼저 말을 걸어왔다.

"저 상담 되나요?"

카페를 차리고 처음으로 상담이 들어왔다.

"네. 지금 바로 상담할 수 있습니다."

원래 상담실은 창고 방이었다. 하지만 나는 그 아담한 방이 아깝다고 생각하여 창고 방을 개조해 상담실로 사용하고 있다. 나는 또다시 능숙하게 행복 라테를 만들어 상담실로 가져갔다. 상담실은 온통 노란 바닥에 주황색 카펫 위로 빨간 소파형 의자 2개와 갈색 서랍 위에는 쿠키와 사탕이 들어 있는 바구니와 스탠드가 방 전체를 은은히 덮고 있고 벽지와 천장은 주황색 벽지로 온통 도배 되어 있고 천장에는 구름 모양 솜이 걸려 있다 먼저 들어와 있는 손님이 먼저 앉아서 쿠키 봉지를 뜯고 있었다. 음료를 내려놓자 여자가 하소연하기 시작했다.

"저의 이름은 김윤하고 딸아이 한 명과 살고 있습니다. 남편은 먼저 불치병으로 몸만 아프다 하늘로 가고 저 또한 대장암 4기에요. 이제 제 수명을 얼마 남지 않았어요. 딸에게 마지막 편지를 아니 유언을 남기고 싶어요. 그날이 아이의 생일만 아니었다면 더 좋았겠지만 제게도 시간이 없네요. 그래서 말인데, 혹시 편지를 써주실 수 있을까요?"

나는 생각에 잠겼다. 당장 하겠다고 하기엔 내게 남은

행복의 양이 얼마 남지 않았기 때문이다. 어쩌면 이 편지를 마지막으로 난 더는 행복을 나눠 줄 수 없을지 모른다. 심지어 내가 더 살아 있을지 알 수 없다.

"써드리겠습니다. 5페니입니다. 최소 내일까지는 보내 드릴게요."

집에 포르체와 함께 돌아온 후 한동안 포르체를 바라보다 노트북을 꺼냈다. 한글만 깔린 구형 노트북이지만 글을 쓰기에는 충분했다. 딸에게 보낼 엄마의 편지를 써 내려갔다.

사랑하는 딸에게
딸, 엄마야. 엄마가 생일 축하 노래 같이 못 불러 줘서 미안해.
편지를 볼 때쯤 엄마가 곁에 없을지도 모르겠네.
언제나 엄마에게 기쁨이었던 내 딸. 고맙고 또 고마워.
엄마 없이도 잘 지내야 해. 대신 하늘에서 지켜주겠다고 약속할게.
사랑한다. 내 딸.

엄마가

노트북 키보드에서 손이 미끄러졌다. 손이 덜덜 떨리고 있었다. 몸이 점점 뜨거워지는 게 느껴졌다. 어서 메시지로 보내야 한다. 덜덜 떨리는 손으로 휴대폰을 잡았다. 겨우겨우 문자를 보내고 있는 중 급격하게 몸이 뜨거워졌다. 마치 아주 뜨거운 용암에 빠지는 느낌이었다. 움직임도 아주 느리고 무거워졌다. 너무 아파 기침을 하니 입에서 검붉은 죽은 피가 왈칵 쏟아졌다. 눈앞이 빙빙 돌고 어지러웠다. 눈앞이 기울어졌다. 그리고 깜깜하게 암전이 되어버렸다.

난 깨어나지 못했다. 그 시각 마을에는 비가 그치고 해가 떴다. 태어나 처음 해를 보는 아이들이 밖으로 쏟아져 나왔다. 찬란하게 빛나는 햇살에 사람들은 슬픔에서 해방되었다.

난 행복하다.

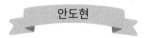
복수를 위한 초능력

2016년 서울 한강 거리

"엄마! 노래 불러줘!"

"아휴, 알겠어. 알겠어."

그때 난 왜 노래를 불러달라 했을까.

"하여간 우리 아들 노래를 너무 좋아해서 문제야. 오랜만에 노래 솜씨 한 번 내볼까? 개울가에 올챙이 한 마리 꼬물꼬물 올챙이가."

'끼익- 펑!'

"엄마! 엄마! 아빠! 민지야!"

그렇게 내가 6살 때 난 가족들을 잃었다.

2024년 현재 난 초능력을 갖고 있다. 그것도 두 가지 능력을.

엄청나게 낮은 확률을 뚫고 그 고통을 감수하고 버텨야지만 얻을 수 있다. 하지만 그 고통은 상상을 뛰어넘기 때문에 대부분 사망하고 만다.

그렇게 내 능력 첫 번째는 일렉트로. 말 그대로 세상에서 가장 빨리 움직일 수 있다.

두 번째는 예지력. 모든 순간을 예지할 수 있다. 그렇게 국가에서 직접 관리해 주는 초능력 중학교에 입학했다. 경찰에서 조사를 받던 중 경찰들이 이야기하는 걸 듣게 되었다.

"김 대리! 그 소식 들었어? 초능력 중학교 조사하면서 생각났는데. 2016년에 한강에서 불법 탈주 사고를 낸 초능력자 걔가 인천 초능력 중학교에서 3학년 때 자퇴했데!"

"헉! 정말요?"

"응 그렇다네. 어쨌든 꼬마야. 결과 나왔다. 어? 꼬마야! 꼬마야! 어디 갔니?"

난 정보를 듣자마자 경찰이 부르는 소리를 뒤로하고 가족들의 복수를 위해 서울에서 인천으로 떠났다.

일주일 후 인천에서 조사를 마치고 인천 초능력 중학교로 입학했다. 첫날. 떨리는 마음으로 1학년 3반으로 들어갔다. 자기소개를 하려는데 너무 떨려서 말이 나오지 않아 정적만이 흘렀다. 그 순간 두 친구가 동시에 나에게 인사를 건넸다.

"안녕!"

그 인사에 긴장이 풀리고 자기소개를 시작했다.

"어 내 이름은 도현이야. 그리고 내 초능력은 일렉트로와 예지능력이야.

내가 좋아하는 음식은 피자야. 친하게 지내자"

그렇게 자기소개를 마치고 자리에 앉았다. 다음 시간은 적응 시간, 또 그 다음 시간은 선생님을 알아보는 시간 등등 수업이 끝나고 점심시간이 다가왔다. 나에게 인사를 건네 준 친구 두 명과 같이 급식을 먹게 되었다.

"도현아. 안녕 나는 루이야. 내 초능력은 상대를 얼릴 수 있는 얼음 능력이야. 그리고 우리 부모님은 우리 학교 앞 분식집을 운영하고 계셔."

"나는 우진이야. 내 능력은 뭐든지 불태우는 파이어, 불 능력이야. 그리고 우리 부모님은 초능력 전문 관리 회사에서 부장과 사장으로 일하고 계시지."

내가 물었다.

"초능력 관리 회사? 어디서 많이 들어 본 것 같은데."

"정말? 역시 우리 부모님이야."

뭔가 꺼림직했지만 대수롭지 않게 넘겼다.

"난 다 먹어서 먼저 간다."

"나도 갈게."

애들이 먼저 가긴 했어도 입학 첫날에 바로 친구를 두 명이나 사귄 것 같아 기분은 좋았다.

'띵동 댕동 띵동 댕동'

종이 울리자, 아이들은 모두 학원으로 사라지고 나 혼자 걷고 있었다. 그때 저 골목에서 통화 소리가 들렸다.

"어?"

들어 보니 아까 우진이가 말했던 초능력 전문 관리 회사의 내용 같았다.

"아 요즘 회사 일? 많이 힘들지. 그 2016년에 불법 탈주하고 사고 낸 그 녀석 있잖아. 그 녀석 감옥 안 들어가게 우리 회사에서 직접 보호해 주고 있다니까?"

난 우리 사랑하는 가족을 죽인 범인을 보호하고 있는 회사 사장의 아들과 친구를 했다는 생각에 분노를 참지 못하고 다짜고짜 벽에 강한 주먹을 날렸다.

"워메, 깜짝이야 학생 그렇게 벽에 주먹질하는 거 아니여."

난 아주머니의 말을 듣지 못하고 곧장 우진이가 다니는 학원으로 달려갔다.

"원수를 보호하고 있는 회사 아들이랑 친구 하려 했다니."

그렇게 10분 정도 기다렸을까. 학원이 끝난 듯했다. 우진이가 나왔다.

"우진아"

"어? 뭐야. 네가 왜 여기 있어?"

"할 말이 있는데. 저 골목으로 잠깐 갈까?"

"어? 어 그래."

그렇게 나와 우진이는 골목 안으로 들어갔다.

"우진아. 너희 부모님 초능력 전문 관리 회사에서 사장으로 일하신다고 했지?"

"응 우리 아빠가 사장이셔. 그런데 그건 왜? 그거 물어보려고 지금까지 기다린 거야?"

"아니 그 2016년에 불법 탈주한 초능력자 알지?"

"어? 어 알지. 그건 왜?"

"그 자식 때문에 우리 부모님과 하나뿐인 동생을 잃었

어.”

“아. 그, 그랬구나.”

“왜 모르는 척해? 알잖아. 내가 뭘 말하려는지.”

“아. 미안해 진짜 정말 미안해. 그 대신 내가 그 자식 잡는 거 도울게.”

“아니 상관없고 나 혼자 갈 거야.”

잠시라도 친구라고 생각했던 내가 바보 같았다. 나는 아지트로 향했다. 부모님을 잃고 돈을 벌 수 없어 근처 공원에 나만 아는 아지트에서 살기 시작했다.

“하. 이곳이 훨씬 낫다. 우진이한테 너무 심했나? 아니다 내가 복수하려는 놈을 보호하는 회사 사장에 아들 곧 후계자인데. 마음이 좀 후련해졌어.”

그렇게 아지트에서의 시간이 얼마나 지났을까. 나도 모르게 1시간 정도 잠을 청한 것 같았다.

“하. 그럼, 이제 출발해 볼까? 그놈이 있는 곳으로.”

무작정 길을 나섰지만 사실, 그 회사가 어디에 있는지 모른다. 대충 어디쯤이라고 들었을 뿐이다. 난 지나가던 할아버지에게 물었다.

“할아버지. 혹시 여기 근처에 초능력 전문 관리 회사가 어디 있는지 알고 계세요?”

"어? 아 그 회사는 저기로 쭉 가서 오른쪽으로 꺾으면 작은 분식집 하나가 있는데. 그 앞에 큰 건물이 있어. 그 건물이란다."

"아. 감사합니다."

"잠깐 학생 되게 예의 바르구나. 이거 하나 가져가렴."

할아버지는 나에게 보석 하나를 주셨다.

"아 괜찮은데. 감사합니다."

나는 그 보석을 주머니 속에 조심스럽게 집어넣었다.

"아이고 어린 나이에 먼 곳도 잘 찾아다니고 기특해서 준거란다. 잘 가지고 있으렴."

"네. 감사합니다."

그렇게 할아버지와의 이야기를 마친 후 할아버지가 알려주셨던 그 길을 따라갔다.

"음. 꽤 멀군. 오랜만에 능력 발휘 좀 해볼까?"

그렇게 일렉트로 능력을 발휘하여 빠르게 도착했다.

"흠 여기구나?"

그렇게 건물 안으로 들어가려는 순간 경비원이 막아섰다.

"저기요. 누구신데 이곳을 들어오십니까?"

할 말이 없었기에 어쩔 수 없이 거짓말을 하였다.

"아. 저 우진이 친구인데. 우진이가 저 여기 건물 구경 시켜준다고 했는데. 화장실을 가서 저보고 먼저 가서 근처 소파에 앉아있으라 해서요."

"음. 네 들어오시죠."

경비는 의심하는 표정을 감추고 날 건물 안으로 들여보냈다.

'아 사장실을 찾아야 하는데. 사장실이 어디지?'

내가 무엇을 찾는다고 생각했는지 경비가 다가왔다.

"뭐 찾으십니까?"

나는 긴장한 나머지 진실을 말해버렸다.

"아 저 사장실을 찾는데."

"음. 역시 무언가 작정하고 들어왔군. 사실 우진 도련님은 1시간 전에 이미 와계셨다. 여기 왜 왔지? 어서 정체를 말해!"

'하. 골치 아프게 되었네. 어쩔 수 없지.'

'지지지직 지지직'

"으아악!"

난 어쩔 수 없이 능력을 써서 경비원을 기절시켰다. 그와 동시에 복도 안쪽에 사장실이 있는 걸 확인하고 순식간에 달려가 사장실 문을 부쉈다.

'바짝!'

사장이 소리쳤다.

"뭐야? 누구야? 누가 사장실 문을 이렇게 만들어 논거냐고!"

"나다. 당신이 우진이의 아빠, 곧 이 건물의 사장인 건가?"

"에이 뭐야. 저 꼬마 당장 내보내!"

"아니, 나가게 될 건 너지. 이 회사가 보호하고 있다는 그 자식 어디 있냐?"

"아. 네가 그 꼬맹이구나. 그 자식이 너 이야기를 많이 하더라니. 진짜였네?"

"뭐? 무슨 이야기."

"그때 사고 당시에 꼬마 하나가 남았는데. 커서 반드시 강해진 초능력으로 자신에게 올 거라고 이야기했는데 고작 일렉트로? 그것밖에 없잖아."

"잘 알고 있었네. 내 정보들. 근데 놓친 게 하나 있네. 그것도 알고 있으려나? 내 능력이 두 개라는 거."

"뭐? 그게 무슨."

나는 순식간에 사장 뒤로 가 능력을 썼다.

'지지지직, 지지지지직.'

"넌 더 맞아도 싸지만. 지금은 여기까지만 하겠어. 나는 우선순위가 따로 있으니까."

사장은 내 능력을 맞고 기절했다. 그리고 사장의 주머니 속에서 지하실 열쇠를 빼냈다. 아무래도 그 자식이 있는 곳 열쇠인 것 같았다.

"손들어!"

경비원들이 뒤늦게 왔지만 쓰러져 있는 사장과 나를 보곤 뒷걸음질만 치다 도망갔다.

"뭐야. 시시하게."

난 지하실 열쇠를 들고 계단을 이용해 지하로 내려갔다.

"여긴 것 같네."

곧바로 지하실 문을 열었다.

'철컥, 끼이익.'

그 안엔 5성 호텔보다 좋아 보이는 방이 있었다. 더 둘러보려는 순간 소리가 들려왔다.

"음. 벌써 여기까지 왔다니. 예상 밖인걸?"

"너구나. 우리 가족을 처참하게 죽이고 얼굴 볼 틈도 없이 도망친 녀석이."

"음. 그래 다 맞지."

그 자식 얼굴엔 흉터투성이에 검은 후드티를 입은 30

대 정도 남자였다.

"드디어 보는군. 8년 만에 말이야."

"그딴 소리 하면서 시간 끌 거면 빠르게 죽여주마."

"워. 워. 일단 진정해. 이야기를 한 번."

'지지지직 지지직 지지지지지지지지직'

"크윽"

그 자식은 기습에 놀랐는지 피를 토했다. 하지만 순식간에 내 눈을 응시하고 집중했다. 난 순식간에 그 자식 앞으로 끌려갔다.

"큭 뭐야. 능력이 염력인 건가?"

"눈치도 꽤 빠르네. 그렇지만 다음 공격도 빠르게 눈치챌 수 있을까?"

그 순간 예지능력이 발휘되어 그 자식에 움직임이 차근차근 보였다. 마치 시간이 멈춘 듯 녀석의 공격을 차근차근 모두 피했다.

"음. 예지능력 그 근처 능력이구나. 내 공격을 다 읽는다는 소리가 되겠군."

그러자 기분 나쁜 찬 바람이 불더니. 그 자식이 공격을 이어 왔다.

"어차피 다 읽혀."

"과연?"

그 자식의 속도와 힘이 2배, 아니 3배가 올라간 기분이었다. 정말 눈 깜빡할 새 그 자식의 단검에 이마를 맞고 쓰러졌다. 눈이 점점 감겼다. 5분 정도 지났을까. 눈이 완전히 감길 때쯤에 소리가 들려왔다.

"도현아! 일어나! 일어나라고!"

"뭐야 넌! 이 꼬맹이 같으니. 끼리끼리 논다더니. 뭐 나한테 능력이라도 쓰게? 크하하. 써봐라 어디."

"윽. 용서하지 않겠다. 아이스 브레이크!"

'아이스? 얼음? 설마 루이인가?'

'치리링'

찬란한 소리와 함께 내 주머니 속에서 찬란한 빛이 났다.

"윽, 뭐야! 저 빛은!"

그 자식도 눈이 부신 듯했다.

"도현아. 일어난 거야?"

내가 일어나고 주위를 둘러보는데. 상황이 심각해 보였다. 루이는 온몸이 피투성이고 그 자식은 잠시 눈을 가리고 있었다. 나는 일단 루이를 안전한 곳에 내려두고 그 자식과 1대1로 붙었다. 근데 내 몸을 보니 찬란한 빛이 보이고 몸이 한결 가벼워졌다.

"하. 좋다. 그리고 넌 이제 끝났어."

"크흑, 그래 마지막 일격이다!"

'휙, 휙!'

"단검을 열심히 휘둘러 봤자 넌 아무것도 할 수 없어."

그렇게 나도 마지막 일격을 썼다.

"간다! "

'지지지지지지지직 지직 지직.'

"크아아아아아악."

'삐 삐 삐 삐.'

위험 경보가 울렸다. 나는 루이를 데리고 순식간에 능력을 발휘해 빠르게 건물 밖으로 나왔다. 건물 앞에서 나에게 보석을 준 할아버지가 우릴 기다리고 있었다.

"다행이구나 내 손자야."

"네? 설마 제 친할아버지세요?"

"그렇단다. 저 분식집에서 이야기를 마저 해보자꾸나. 너의 친구도 말이야."

"네 할아버지."

그렇게 할아버지와 함께 건물 앞 분식집에 들어갔다. 그러자 가게 사장님이 말했다.

"어머 루이야 이게 무슨 일이야. 어머."

저번에 들었던 루이네 부모님 분식집인 것 같았다. 그때 할아버지가 말했다.

"음. 이 정도는 제가 치료하겠습니다."

"아야, 아 아 아파요!"

할아버지 초능력은 치유 능력인 것 같았다.

"어머 루이야 이게 뭔 일이냐. 괜찮아?"

루이의 엄마가 걱정스런 눈으로 루이에게 물었다.

"아. 네"

"루이야, 아까 나 지켜 줘서 고마웠어."

"에이 친구가 위험한데. 나 말고 누가 지키냐."

"친구? 아 맞지. 우린 친구잖아."

"그래. 그래 자, 여기 떡볶이 나왔습니다. 맛있게들 먹어요."

세상에서 가장 맛있는 떡볶이를 먹은 이후 나는 할아버지와 루이와 검은 머리가 파뿌리 될 때까지 행복하게 살았지. 비겁했던 우진이는 어떻게 됐는지 궁금해하지는 마시길. 나도 기다리는 중이니까.

이정우

비극 혹은 희극

"야! 뻴리빨리 좀 해봐!"

건설 현장 총책임자인 연우는 오늘도 신입 직원들과 알
바들에게 구박만 해댔다. 자신이 신입이었던 시절, 자신
이 실수를 했을때도 그냥 모른 척 넘어가 주었던 그 당시
총책임자의 은혜도 잊어버리고 말이다.

연우는 툭하면 직원들에게 잔소리를 하고 핀잔을 주기
일쑤였고, 종종 직원들 급여도 자신이 빼서 유흥거리에
썼다. 직원들에게 무리한 일을 시키기도 했다.

하루는 이런 일이 있었다. 그날 연우는 몇몇 직원에게

무리하게 일을 시키고 있었다. 전날 밤, 연우의 전재산 중 60%가 날아간 것에 대한 화풀이를 여기서 하는 것이었다. 그중에서도 특히 '한빈'이라는 21살 알바생은 건장한 체격의 30대 남성도 감당하기 버거울 정도의 일을 혼자서 하고 있었다. 그 이유는 직원들이 평소에 '한빈이가 건설사 사장이 되어야 한다.' 따위의 말을 하며, 연우의 심기를 불편하게 했기 때문이다.

그날 연우는 이렇게 생각하고 있었다. '일을 아주 고강도로 시키면 힘들어서라도 한빈이가 이 일을 그만두겠지? 그럼 다시 나의 비교 대상은 없어지는거야...!' 그날 점심시간, 한빈이 동료들에게 "아... 일 그만두고 싶다. 그냥 내일부터 나오지 말까?"라고 말하는 것을 엿들은 연우는 자신의 계획이 잘 진행되고 있다고 생각했다. 하지만, 한빈이 알바를 그만두게 되는 일은 없었다.

그날 오후 3시경, 한빈이 짐을 들고 걸어가던 도중 갑자기 쓰러졌다. 더운 날씨에 일하는 사람들에게 으레 일어나던 일이었기에, 연우는 대수롭지 않게 생각하고 한빈을 잠깐 시원한 사무실에 눕혀놓았다. 그런데 오후 5시가 지나도 한빈이 나오지 않았다.

화가 난 연우는 사무실로 달려가 소리를 버럭 질렀다.

"지금쯤이면 깨고도 남을 시간인데, 왜 아직도 누워있어? 아픈 척하면 네 시급 절반을 깎을 줄 알아! 빨리 일어나!" 연우는 진땀을 뻘뻘 흘리며 한빈을 일으켜 세우려 애썼다.

한빈을 의자에 겨우 앉혀놓았을 때, 문득 연우는 한 가지 무서운 생각이 들었다.

'혹시... 과로사...?' 연우는 온몸에 소름이 돋는 것 같았다. 그리고, 앞으로 겪게 될 막막한 미래가 눈앞에 스쳐 지나갔다. 연우는 애써 마음을 다독이면서 한빈의 코에 손가락을 살짝 대보았다. 한빈의 숨은 이미 끊어진 지 오래였다.

그날 이후 몇 개월 동안, 연우의 인생은 하드코어 난이도로 바뀌었다. 저녁에 누군가가 연우의 집 창문에 벽돌을 던지는가 하면, 어떤 날은 직원들이 단체로 파업을 하고 시위를 벌였다.

당연히 한빈의 가족들에게 소송도 당했고, 결국 패소(敗訴)하여 막대한 돈을 잃게 되어버렸다.

현재는 연우의 재산도 전부 원래대로 돌아왔고, 연우의 삶도 원래대로 바뀌었다. 하지만 단 한 가지, 연우의 인성

과 사상은 전혀 바뀌지 않았다.

그 사고가 대충 무마되고, 얼마 동안 연우는 다른 직원들에게 굉장히 살갑게 굴었고 다른 사람들의 말도 고분고분 잘 들었다. 일도 많이 시키지 않았다.

하지만 현재, 연우는 다시 옛날의 그로 돌아왔다. 여기 저기서 불만의 목소리가 터져 나와도 모르는 척했다.

그런 그에게, 절대 잊을 수 없는 일이 일어났다.

2025년 6월 1일. 연우는 한 고층 아파트 건설 현장의 총책임자를 맡아서 일하고 있었다. 그 아파트는 55층 높이로 꽤 높았기에 굉장히 조심스럽게, 섬세하게 작업을 해야 했다. 그러나 연우는, 늘 해오던 '빨리빨리'를 고집하며 부실한 건설자재로 대충 건물을 지었다.

결국 2025년 8월 10일. 일이 터지고 말았다. 그날 오전 11시 37분. 아파트 50층 부근에서 뭔가가 갈라지는 소리가 들렸다. 연우는 이 소리가 심상치 않음을 느끼고 사람들에게 빨리 대피하라 외쳤지만, 그때는 이미 늦고 말았다.

쿵-! 후드득! 건물이 서서히 무너졌고, 미처 대피하지 못한 연우는 처참히 잔해에 깔리고 말았다...

그의 사고 직전 마지막 모습은 이상하게도 그 누구도

기억하지 못했다고 한다...

***

"으...윽..." 여기가 어디지? 눈 앞에 펼쳐진 풍경이 당황스럽기만 하다. 나는 분명히 아파트 건설 현장에 있었는데...? 내가 왜 병원 침대에 누워 있는 거지?

때마침 의문을 해결해 줄 내 주치의가 병실로 들어왔다. "...환자분, 정신이 좀 드십니까? 혹시, 사고 당시의 기억이 나세요?" 음, 그래. 내가 사고를 당했다는 말이지. 근데 왜 기억이 하나도 안 나지? 일단 나는 조용히 고개를 저었다. 그러자 의사가 한숨을 쉬더니 이야기했다.

"사실, 환자분은 거의 죽을 뻔하셨습니다. 사고 일시는 8월 10일 오전 11시 40분경. 환자분은 무너진 아파트 잔해에 깔리셨어요. 환자분은 구급차에 실려 응급실로 오셨습니다. 왼쪽 정강이뼈는 아예 으스러져 있어서 형체를 알아보기 힘들었고, 머리에도 큰 손상을 입으셨었습니다. 그래서 수술을 하는 데 꽤 애를 먹었죠. 중간에 심정지도 종종 왔고요. 하지만 환자분께서는 그 낮은 확률을 극복하고 살아남으실 수 있었습니다. 하지만 아직 몇 달 동안

은 절대안정을 취하셔야 합니다. 이 상태로 뭔가를 더 하신다면 아마 사망하시게 될겁니다... 아시겠죠?" 나는 의사의 말을 믿기 힘들었지만, 일단 알겠다고 답했다.

의사가 병실 문을 닫고 나간 그 순간, 내 머릿속에 누군가가 DVD를 꽂아놓은 것처럼 사고 당시의 기억, 그리고 그때의 고통, 수술받는 순간까지 세세한 기억들이 내 머릿속을 관통했다. 내 뇌는 고통에 몸부림을 치고 있었다. 지금은 수술이 끝났다는 것을, 지금은 사고 따위 없다는 것을 알지만 고통이 너무나도 생생하게 나에게 다가왔다. 생각을 멈추려고 했지만 내 의지대로 되지 않았다. "끄으윽...흑...!" 신음소리가 절로 나왔다. 혼절해 버릴 것 같았다. 엄청나게 아프다. 지금까지 살아온 것에 대한 인과응보인가...? 제발, 앞으로는 잘 살 테니 나에게 고통만은 주지 말아 줘... 제...발...!

"...응? 이게뭐야...?" 희미해져 가는 의식을 겨우 붙잡고, 나도 모르게 고개를 오른쪽으로 돌렸다. 내 옆엔 '타임 트레블러-2000_X'라고 쓰여있는 상자가 있었다. '이게 뭐지? 영어를 해석해보면... TIME-시간, TRAVEL-여행...? 설마, 이게 그 타임머신일까...?'

나는 속으로 여러 가지 생각을 했지만, 곧 다시 이성적으로 생각을 했다.

'...아냐, 괜히 쓸데없는 상상으로 시간 낭비하지 말자! 타임머신 같은 건 이야기 속에나 존재하는 거니까...' 나는 아예 그 박스를 등지고 돌아누웠다. 편안하게 한숨 푹 잘 생각이었다.

그런데, 잠이 오지 않았다. 눈을 감고 있으면 자꾸 시간 여행에 관한 것들이 머릿속에 생각났고, 정신은 점점 더 또렷해져만 갔다.

나는 다시 그 박스를 보며 생각을 했다.

'잠깐, 그래도... 어차피 밑져야 본전이잖아...? 속는 셈 치고 한 번만 해보자!' 공교롭게도 박스 오른쪽에는 빨간색 버튼이 달려있었다. 마치 자기를 눌러달라는 듯 반짝반짝 빛나고 있었다. 나는 약간 설레는 마음으로 버튼을 누르며 이야기했다. "제발, 사고가 나기 전으로 시간을 돌려줘!"

(해피엔딩-에필로그 1/ 배드엔딩-에필로그 2)

에필로그 1

내가 소리를 지르고 몇 초 후, 박스가 요란한 소리를 내며 떨리기 시작했다. '오! 진짜로 되는 건가?' 내 주변 풍경들도 병원에서 흙빛으로 서서히 바뀌기 시작했고, 이내 아파트 건설 현장이 되었다. 아파트는 아직 멋들어지게 세워져 있었다.

곧 귀에 여러 가지 공사 소음들이 들려왔다. 주변을 둘러보니 아직 사고가 나기 며칠 전인 것 같았다.

나는 잠시 철근 옆에 서서 속으로 다짐했다. '...앞으로는 상대방의 입장에서 먼저 생각하고, 행동할 거야! 그리고, 부실 공사도 하지 않고. 앞으로 잘해보자!'

나는 공사장이 쩌렁쩌렁 울리도록 큰 목소리로 외쳤다. "여러분, 그동안 정말 미안했습니다! 앞으로는 우리 잘해봅시다!"

직원들, 알바생들의 표정엔 당황한 기색이 역력했다. 하지만, 곧 그 표정은 미소로 바뀌었다. 지금까지 구박과 잔소리만 하던 못된 상사에게 이런 표정을 지어 주다니!

내 눈에서는 감동의 눈물이 흘렀다. 그리고 이런 생각이 들었다. 신께서 나의 삶을 한번 더 되돌아보라고 나에게 이런 기회를 주신거구나! 나는 손을 모아 기도하는 자세를 취하며 하늘을 향해 조용히 말했다. "감사합니다! 감사합니다...! 정말 감사합니다!" -END-

에필로그 2

박스에서는 몇 초 동안 바람 빠지는 소리가 났다. 그리고 갑자기 빨간색 버튼이 노란색으로 바뀌었다. 눈앞이 서서히 어두워지기 시작했다.

나는 속이 굉장히 메스꺼웠고, 어지러웠다. 나는 문득 기계에 대한 회의감이 들기 시작했다. '작동이 잘되고 있는 건 맞나? 아니면 혹시 뭔가 잘못된 건가...?' 다행히도 시간이 과거로 돌아가는 중인 게 맞는지 내가 바라보고 있는 주변 풍경은 점차 바뀌기 시작했고, 곧 아파트 건설 현장으로 바뀌었다. 나는 그 한복판에 서 있었다. 그런데 이상하게도 공사 현장에는 아무도 없었고, 하늘이 굉장히 어두웠다. '하늘이 왜 이리 어둡지?' 나는 슬며시 하늘을 올려다보았다.

내 바로 위에는 아파트의 무너진 잔해가 떠 있었다. "으...으악!" 나는 그곳에서 빠져나오려고 안간힘을 썼다.

하지만 몸이 너무 무거웠다. 달리고 싶었지만 발가락 하나조차도 움직일 수 없었다. '아아... 지금까지 살아온 것에 대한 결과인가.' 나는 지난 삶들을 찬찬히 생각해 보며 후회했고, 또 앞으로는 그러지 않으리라 다짐했다. 그러나, 이미 늦고 말았다.

쿵-! 후드득!

***

"으...윽..." 여기가 어디지? 눈 앞에 펼쳐진 풍경이 당황스럽기만 하다. 나는 분명히 아파트 건설 현장에 있었는데...? 내가 왜 병원 침대에 누워 있는 거지?

때마침 의문을 해결해 줄 내 주치의가 병실로 들어왔다. "...환자분, 정신이 좀 드십니까? 혹시, 사고 당시의 기억이 나세요?" 음, 그래. 내가 사고를 당했다는 말이지. 근데 왜 기억이 하나도 안 나지? -END-

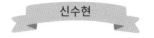

속마음 사탕

어느 겨울, 온실 초등학교의 6학년 8반 선생님이 말했다.

"수요일까지 2명씩 짝지어서 온실 시장에 대해 조사해 오세요."

선생님 말씀이 끝나자마자 나는 제일 친한 친구인 채은 이에게 가서 말했다.

"채은아 숙제 같이할래? "

"좋아! 내일 1시까지 온실 시장 앞으로 와!"

다음날 나는 채은이와 같이 재밌게 숙제할 생각에 기분 좋게 약속 장소에 도착했다.

하지만 채은이는 약속 시간이 지났는데도 오지 않았다.

나는 1시간 동안 채은이에게 통화를 여러 번 했지만, 채은이는 전화를 받지 않았다.

그렇게 화가 나 있을 때 채은이한테 전화가 왔다.

"야 너 어디야? 왜 전화를 안 받아? 오늘 우리 같이 만나서 숙제하기로 한 거 까먹었어? "

"아 미안 까먹었어."

나는 당당한 채은이의 말에 많이 실망 했다.

"일단 알았어. 시간 없으니까 내일 아침에 온실 시장 앞에 있는 온실 떡볶이집 앞에서 보자."

그리고 전화는 끊겼다.

나는 너무 화나고 어이가 없어서 내일 채은이에게 한마디 하기로 결심했다.

그날 감기도 걸리고 화가 났지만 내일 한마디를 꼭 제대로 하기 위해 참았다.

다음 날 아침 채은이가 아무 일도 없었다는 듯 말을 걸었다.

"아연아 안녕, 어제 조사 못 했으니까 오늘 하자. 아 맞다 나 어제 약속 있어서 못 간 거야, 미안"

"뭐? 너 맨날 이러잖아. 됐다, 오늘 나 시간 별로 없으니까 빨리 조사하자. "

나는 참다 참다 채은이에게 한마디를 했다.

"그럴 수도 있지. 너도 가끔 그러잖아. 맨날 내가 그러는 것도 아니고 왜 그래? "

채은이가 어이없는 목소리로 말했다.

"뭐 그럼 내가 잘못했다는 거야? 난 너 때문에 감기도 걸리고 시간도 날렸는데? "

"그래서 내가 미안하다고 했잖아. 제일 친한 친구인데 그런 것도 용서 못 해줘? "

나는 이 말을 듣자 어이가 없고 그냥 이 상황에서 벗어나고 싶었다.

"나 시간 없다고 했잖아. 그냥 나 먼저 간다. 조사는 월요일날 마저 하자. "

나는 사실 바쁘지 않지만 기분이 나빠서 채은이의 말을 무시하고 집에 갔다.

그날 계속 채은이에게 전화와 메시지가 왔지만 나는 보지 않았다.

그리고 다음 날에는 아예 핸드폰 전원을 켜지 않았다.

나는 채은이 때문에 학교에 가기 싫었지만 어쩔 수 없이 준비를 하고 학교에 갔다.

학교에 도착하자마자 채은이가 나한테 다가와 말을 걸었다.

"야 김아연 나 너랑 숙제 같이 안 할래. "

"야 뭐라고? "

내가 말하자마자 채은이는 화장실로 가버렸다. 그리고 그날 채은이는 나를 피하고 다녔다.

나는 채은이의 행동에 짜증이 나서 채은이를 무시하고 있었다.

그러고 있을 때 한 친구가 나에게 왔다.

"아연아 안녕, 근데 너 무슨 고민 있어? 표정이 우울해 보여. "

전학 온 지 얼마 안 된 주아가 나한테 말했다.

"그냥 친구랑 좀 싸워서 그래. "

숙제를 어떻게 할까 걱정이었지만 사실 나는 채은이랑 멀어지는 것이 더 속상하고 걱정되었다.

속으로 걱정도 많이 되고 너무 답답한 마음에 결국 주아한테 고민을 말했다.

주아는 나에게 괜찮을 거라고 말해주고 내 옆에 계속

같이 있어 주었다.

"아연아. 채은이랑 진짜 정말 화해하고 싶어? "

나는 대답 대신에 고개를 빠르게 끄덕였다.

"알았어. 내가 뭐 알려줄게. 그 대신 비밀로 해! 절대 아무한테나 말하면 안 돼. "

나는 주아의 말을 기다렸다.

"온실 시장 알지? 거기 옆에 길로 들어가면 어떤 가게가 있거든 한번 가봐.

거기엔 무엇이든 해결할 수 있는 것들이 있거든. "

나는 갈까말까 고민하다가 너무 궁금해서 한번 가보기로 했다.

주아가 알려준 곳으로 가보니 진짜 가게가 있었다.

신기하고 놀라서 들어갔는데 그 가게에는 무언가가 많았다. 그런데 신기한 건 없는 것 같았다. "역시 없네. 그냥 사탕이나 한 개 사 먹어야겠다."

나는 사탕을 사서 가게를 나왔다. 기대를 했는데 실망했다.

나는 온실 시장 주변에 왔으니 혼자서라도 숙제를 해야겠다고 생각하고 온실 시장에 대해 조사를 시작했다. 역시나 혼자 하는 숙제는 힘들었다. 채은이한테도 뭔가 미안한 마음이 들었다.

"내가 그냥 사과할걸"

그래도 나는 숙제를 다 끝내고 집에 들어갔다. 집에 들어가니 이제야 주아 생각이 났다.

주아한테 고민을 괜히 말했다는 생각이 들었다.

"됐다. 그냥 사탕이나 먹어야지."

사탕 봉지를 까는데 사탕 봉지에 이상한 글자가 쓰여있었다.

"이 사탕을 먹으면 먹은 다음 날에 하루 동안 사람들의 속마음을 알 수 있습니다?"

"뭐야 진짜인가? 일단 먹어보면 알겠지. "

나는 사탕을 먹었다. 그리고 나는 궁금에 빠진 채 양치를 하고 잠에 들었다.

"김아연 빨리 일어나! "

엄마가 나를 깨웠다. 그래서 일어나 정신을 차리고 엄마를 본 순간 엄마의 가슴에서 속마음이 보였다. 놀라서 소리 지를 뻔할 때 사탕 생각이 났다.

"그게 진짜라니! "

그러자 엄마의 가슴에서 '뭐라는 거야.'라고 하는 속마음 글씨가 보았다.

일단 나는 진정하고 학교 갈 준비를 했다. 오늘은 다른 날보다 더 빠르게 준비했다. 빨리 채은이의 속마음을 보고 싶었다. 그리고 학교에 얼른 뛰어갔다. 나는 채은이가 어디 있는지 빨리 찾고 있었다. 하지만 내가 제일 먼저 만난 친구는 주아였다.

"주아야! 이 가게 어떻게 알았어? 진짜 신기하다. "

"어제 갔구나? 어떤 거야? "

"나 속마음이 보여! 아 맞다. 주아야 나 좀 도와주라. "

나는 주아에게 말했다. 그러자 주아는 알겠다고 고개를 끄덕였다.

"주아 네가 채은이한테 나랑 싸웠냐고 물어봐. "

"알겠어. 어, 저기 채은이 온다! "

나는 주아의 말에 옆에 있는 곳으로 숨었다.

"채은아 너 요즘 왜 혼자 다녀? "

주아가 조심조심 말했다.

"아 나 그냥 "

나는 채은이가 말하자마자 채은이의 속마음이 보였다.

'아연이한테 사과해야 하는데 내가 잘못한 거니까 사과해야겠지? 아니다. 원래 우리 성격도 잘 안 맞았는데 그

냥 지내야 하나? '

나는 채은이의 속마음을 읽고 나는 좋지도 않고 싫지도 않은 기분이었다. 한편으로는 아쉽기도 했다. 하필 그때 종이 쳤다. 우리는 모두 반으로 갔다. 그리고 나는 내가 먼저 사과를 해야겠다는 마음이 들었다. 나는 쉬는 시간이 될 때까지 기다렸다.

그리고 쉬는 시간이 되자마자 채은이에게 달려갔다.

"채은아 내가 미안해. 앞으로는 싸우지 말고 친하게 지내줄 수 있을까? "

"아연아. 나도 미안해 내가 너무 이기적이었지 앞으로 안 그럴게"

다른 마음이었지만 나는 내 사과를 받아준 채은이가 너무 고마웠다. 그리고 우리를 화해를 할 수 있게 도와준 주아도 고마웠다.

"아연아 우리 못한 숙제 같이하러 갈래? "

"그래 좋아, 네가 없어서 불편하고 속상한 마음도 들었는데 지금은 네가 있어서 행복해. "

나는 채은이와 숙제를 다 하고 같이 놀면서 좋은 추억을 만들었다. 우리는 다음날 만나서 같이 가기로 하고 헤어졌다.

오늘은 온실 시장에 대해 조사한 걸 발표할 거예요. "

선생님이 기대하는 표정으로 말씀하셨다.

"자 이제 마지막으로 아연이랑 채은이가 발표해 보자."

채은이가 웃으며 나랑 눈을 마주쳤다.

나는 긴장됐지만 채은이랑 함께하는 발표라 자신감 있게 발표했다.

"아연이와 채은이는 발표를 정말 잘하네. "

우리는 서로 마주 보며 기쁜 표정으로 대답했다.

"네 감사합니다! "

쉬는 시간이 되자 나는 채은이와 함께 주아에게 갔다.

"주아야 네가 우리에게 가장 큰 역할이 돼 주었어. 정말 고마워. "

"에이 내가 뭘 했다고. 너희 다시 친해진 거 보기 좋다."

나는 그렇게 잘 지내고 있을 때 그 가게가 궁금해졌다. 마침 시간도 많아서 그 가게 앞으로 가보았다. 아직도 그 가게가 있었다.

홍유민

우정

"자, 여러분. 다들 주목! 오늘 전학생이 왔어요."

아이들의 환호 소리가 온 교실을 뒤덮였다.

"자자. 전학생은 하루 옆에 앉아요."

"네, 안녕? 난 지혜야."

"어, 안녕! 이름이 지혜라고? 이름 참 이쁘다! 친하게 지내자."

"어 그래."

'딩동댕동.'

학교 종소리가 울렸다.

"지혜야 우리 같이 놀래?"

"어? 그래!"

둘은 그렇게 한 달이라는 시간 동안 금세 친해졌다. 그러던 어느 날 그 둘의 우정이 깨지는 일이 일어났다.

"짠! 이 머리핀 엄청 이쁘지? 아빠가 생일이라고 선물로 주셨어."

"우와. "

하루와 지혜는 깔깔거리며 수다를 떨었다. 그런데 그 둘을 비난하는 한 사람이 있었는데 그 이름은 바로 한수지였다.

"쟤네 진짜 짜증 난다. 생일이 뭐라고 저렇게 시끄럽게 떠드냐. 재수 없어. 오랜만에 장난이나 쳐볼까?"

수업이 끝난 후 수지는 지혜의 생일선물인 머리핀을 훔쳐 하루의 사물함에 넣었다.

"어! 내 머리핀이 어디 갔지? 어떻게, 아빠가 사주신 건데."

지혜가 화를 내며 울었다.

"지혜야 무슨 일이야?"

"내 머리핀이 사라졌어."

"괜찮을 거야 찾으면 되지! 일단 미술실부터 가보자!"

그렇게 하루와 지혜는 미술실부터 1층까지 돌아다녔다.

"아무리 찾아봐도 없는 거 같아."

"일단 내일 다시 한번 찾아보자."

"그래."

다음 날 아침부터 둘은 열심히 구석구석을 살폈다.

"아휴 도대체 내 머리핀은 어디 간 거야."

그때 한수지가 말했다.

"야! 여기 하루 사물함에 지혜 머리핀이 있어!"

"뭐라고? 하루가 그럴 리 없잖아!"

그때 하루가 교실 문을 드르륵 열고 들어왔다.

"왠지 분위기가 싸하네? 무슨 일 있어?"

"하루야 네가 진짜 내 머리핀을 훔쳤어?"

"무슨 소리야 그럼 내가 어제 1시간 동안 너 머리핀을 굳이 왜 찾아줬겠어."

그때 수지가 당당하게 말했다.

"의심 안 받으려고 찾아주는 흉내만 낸 거겠지. 하루야 너 정말 실망이다."

"무슨 소리야 나 아니야!"

그때 종소리가 울리자. 싸움이 멈췄다. 그렇게 둘의 우정에 금이 갔다.

"저기 지혜야. 할 말 있어 잠깐 복도로 나와줄래?"

"그래."

"지혜야 나 네 머리띠 진짜 안 훔쳤어. 그때 난 너랑 놀고 있었잖아. 그리고 내가 너의 머리띠를 훔칠 만한 이유도 없잖아. 누가 일부러 몰래 내 사물함에 넣은 거 같아."

"뭐? 생각해 보니 그렇네. 수지가 너한테 뒤집어씌운 거네? 와, 소름이다. 하루야 미안해 난 그런 줄도 모르고."

"괜찮아 오해할 수도 있는 상황이었잖아"

그렇게 둘은 다시 친해지게 되었다. 다음날 학교를 와보니 한수지는 당당하게 또 다른 아이의 뒷담화를 하고 있었다. 둘은 당당하게 손을 잡고 교실로 들어갔다.

"뭐야 너희. 화해했어?"

"왜? 우리가 화해하면 안 되니? 되게 어이없다."

주변의 반 아이들이 웅성거리기 시작했다. 그렇게 한수지의 인성 논란은 학교에 퍼졌다.

"왜 우리의 사이를 망치는 거야?"

"그냥 너희 둘이 꼴 보기 싫었어. 그냥 재수 없었어."

수지가 울며 말하였다.

"그래도 그런 나쁜 짓은 하지 말아야지 네가 한 행동들 다 선생님한테 말할 거야."

"제발 말하지 말아줘. 부탁이야."

"하루야 한 번만 봐줄까?"

"그래. 다음부터 또 이런 일이 생긴다면 그 즉시 바로 선생님께 다 말할 거야."

"알겠어. 정말 미안해."

그렇게 한수지는 반성을 했다.

2달 뒤 또 전학생이 왔다.

"안녕 내 이름은 김성훈이야 잘 부탁해."

"또 전학생인가 우리 학교는 전학생이 참 많이 오네."

지혜는 전학생 성훈이를 빤히 쳐다봤다.

"하루야! "

"어? 왜?"

"뭘 보냐? "

"아. 하하 아무것도 아니야."

"뭐야."

하루가 조용히 하루를 불렀다.

"그런데 성훈이 공부 잘한다는 소문이 있어"

"아, 그래?"

"너 혹시 성훈이한테 관심 있냐?"

"아니거든?"

"아님 말고 우리 학교 끝나고 떡볶이 먹으러 갈래?"

"그래."

그렇게 하루와 지혜는 떡볶이 가게로 향했다.

"여기 떡볶이 정말 맛있대 떡튀순 세트 하나 할까?"

하루는 떡볶이를 먹을 생각에 신이 나 있었다.

"아휴"

"웬 한숨, 무슨 일 있어?"

"아, 그게. 우리 부모님이 사실 미국에 계시거든. 그래서 할머니랑 살고 있어."

지혜는 집안 사정이 어려워서 부모님은 돈을 벌러 미국으로 가셨다.

"진짜? 왜 진작 말 안 했어?"

"아, 그게. 놀림 받을까 봐."

"뭐? 아휴 안 되겠다. 내가 놀리는 애들 있으면 지켜줄게!"

"헐. 감동이야. 고마워!"

"그럼, 우리 집에서 자고 갈래? 내가 어떻게든 엄마한테 졸라볼게."

"어? 아니 난 괜찮은데."

그렇게 지혜는 하루네 집에서 자고 가게 되었다.

"나 친구네 집에서 자는 거 처음인 거 같아."

"진짜?"

"응."

다음날 토요일 아침, 지혜는 학원 보충수업 때문에, 아침 일찍 하루 집에서 나왔다.

"어? 지혜가 어디 갔지?"

하루는 탁자 위에 있는 쪽지를 보았다.

"지혜가 먼저 갔구나. 학원 끝나는 대로 마중 가야지!"

하루는 지혜가 다니는 학원으로 마중 나갔다. 그런데 그때 지혜는 학원에서 새로운 친구를 사귄 것 같았다.

"지혜야!"

"어? 아 잠깐만."

"지혜야, 너 새로운 친구 사귀었나 봐?"

"응 선지라고 오늘 새로 온 친구야"

"그럼, 우리 앞으로 셋이 다니면 되겠다 그치?"

"어, 사실 선지가 낯을 많이 가려서."

"아. 그렇구나. 알겠어."

이상하게 지혜가 선지라는 친구를 사귀고 난부터 하루를 피하는 기분이 들었다. 그러던 어느 날 하루가 지혜에게 물었다.

"저기 지혜야 너 저번부터 나를 피하는 거 같던데 혹시 선지 때문이야?"

"아니? 그리고 난 피한 적 없어."

"아."

"할 얘기 끝났으면 좀 가줄래?"

"응."

하루와 지혜의 사이는 멀어졌다. 어느 날 지혜를 눈앞에서 딱 마주친 하루가 먼저 인사했다.

'드르륵.'

교실 문을 열리자마자 눈이 마주쳤다.

"어. 지혜야 안녕."

"저기 너 자꾸 나한테 말 걸지 말아줄래? 나 사실 너보다 선지가 더 좋거든."

"뭐? 우리 친구 아니었어? 너 갑자기 왜 그래? 선지 때문이야?"

"뭐래. 그런 거 아니야. 그냥 선지랑 영어학원 같이 다니니까 너보다 더 좋아졌어. 너보다 나랑 더 잘 맞는 거 같고 선지가 너보다 돈이 많아서 놀 때도 얻어먹고 그래서 난 너보다 선지가 더 좋아."

"그래도 어떻게 갑자기 가장 친한 친구를 버려?"

"넌 어차피 다 받아주고 쿨하게 넘어가니까. 이번도 쿨하게 넘어갈 줄 알았지."

"너 내가 만만하니? 됐어. 나 너랑 말 안 해!"

하루는 지혜의 어이없는 말을 듣고 화가 났다. 다음 날 학교에서 다들 하루를 힐끗거리며 쳐다보았어요.

"다들 왜 그래? 무슨 일 있어?"

"하루야. 지혜가 인스타 스토리에 너 저격했던데 봤어?"

"뭐?"

지혜가 인스타에 '이젠 너무 질린다 하루 진짜 짜증나'라고 저격하는 글을 올렸어요.

"지혜 진짜 어이없다."

'드르륵.'

그때 교실 문이 열리고 지혜가 들어왔다.

"야! 김지혜! 인스타 게시물 뭐냐?"

"왜? 난 맞는 말 한 건데?"

"너 오늘 제삿날이야!"

하루와 지혜는 몸 싸움을 하다 결국 선생님께 걸렸다.

"지혜, 하루 너네 반성문 20장이야!"

하루와 지혜는 슬픔에 잠긴 반성문을 썼다. 그날 체육 시간에는 아무도 지혜와 하루를 선택하지 않았다. 하루와 지혜는 둘의 추억을 생각하며 멋쩍게 서 있었다.

"저기. 내가 미안해. 때리는 게 아니라 말로 풀었어야 했는데."

하루가 먼저 입을 열었다.

"내가 더 미안해 인스타에 저격하는 게 아니었는데."

그렇게 둘은 화해를 하게되었다. 다음 날 하루와 지혜는 반갑게 인사했다.

"지혜야!"

"하루야!"

둘은 만나자마자 꼭 안았다. 자기의 잘못을 깨우치고 서로를 더 이해하고 알아가며 둘도 없는 친구가 되었다.

안수경

조금은 험난한
마리의 꿈 건물

눈보라가 휘몰아치는 겨울, 온실 병원 복도에서 한 여자아이가 숨이 넘어갈 듯 소리쳤다.

"엄마! 아빠! 제발."

마리는 엄마, 아빠가 누워있는 이동 침대를 붙잡고 매달렸지만, 옆에 있던 간호사는 마리의 손을 떼 내며 신경질적인 목소리로 말했다.

"손 떼세요. 응급상황이에요. 저기 앞에 있는 의자에 앉아서 기다려요!"

이동 침대는 더 빨리 응급실로 사라졌다. 마리는 눈물

을 훔치며 한쪽 구석에 있는 의자에 앉았다. 마리는 마치 시간이 멈추고 꿈속에 들어와 있는 것 같았다. 정말 눈 깜짝 할 사이에 엄마, 아빠가 죽을지도 모른다고 생각하니 눈앞이 깜깜했다. 세 시간 뒤, 응급실 문이 열리자 아까 신경질 부리던 간호사가 마리에게 다가왔다.

"김로운씨랑 최하은님 보호자 맞으시죠? 이름이 마리?"

"네, 맞는데요. 엄마, 아빠 살아계신 거죠? 기차 탈선 사고로 쉽게 부모님을 잃을 순 없어요. 그리고 전 고작 16살인데요."

"안타깝지만 부모님 모두 사망하셨어요."

마리는 간호사의 말에 충격을 받아 그 뒤에 간호사가 말한 내용이 기억이 하나도 나지 않았다. 그때 마리 주머니에 핸드폰이 울렸다. 외할머니였다.

엄마 아빠의 장례식이 어떻게 지나갔는지 기억도 잘 나지 않는다. 끊임없이 밀려드는 사람들, 여기저기 들려오는 울음소리. 마리는 많은 문상객 사이에서 목 놓아 울지도 못 했다. 장례도 시간도 너무 빠르게 흘렀다.

엄마 아빠의 굿모닝 인사가 없는 일상이 시작되었다. 마리는 침대를 정리하고 거실에 있는 하얀색 가죽 소파에 앉았다. 습관처럼 핸드폰을 집어 들여다봤다.

"누구나 꿈에서 마음대로 움직이는 법? 꿈 건물이라."

마리는 뉴스 제목을 클릭했다.

뉴스의 내용을 요약해 보자면 세모 약국에 가서 '특수 알약'을 구입한 후 집에 가서 꼭 따뜻한 물로 알약 한 개를 꺼내서 따뜻한 물과 함께 삼키면 (1개 말고 2개를 삼키면) 그대로 꿈속에 갇혀버린다는 거였다.

"가 봐야겠어."

마리는 삼각김밥을 사러 편의점으로 갔다. 그리고 편의점으로 가는 길에 세모 약국도 가기로 했다. 마리는 먼저 세모 약국을 들렀다. 그런데 세모 약국에 오자마자 몇 주간 느끼지 못했던 따뜻한 온기가 마리를 맞이해 주었다.

"안녕하세요? 혹시 〈특수 알약〉 찾으시나요? 아님 〈평생 건강 약〉? 말씀만 하시면 제가 그 상황에 맞는 약을 드릴게요."

약사가 마리에게 말했다.

"아, 저 〈특수알약〉 주세요?"

마리가 떨리는 목소리로 말했다.

"네, 감사합니다. 특수 알약값은 꿈건물 입장료고요. 돈 이외에 아무것도 가져가지 마세요."

약사가 마리에게〈특수알약〉을 내밀며 말했다.

마리는 약사가 준 특수알약을 손에 꽉 쥐며 집으로 얼른 돌아왔다. 근데 특수알약에 집착하느라 편의점에 갔다 오지 못했지만 마리는 특수알약이 중요했다. 마리는 특수알약 한 알을 입에 넣고 따뜻한 물로 삼키고 바로 침대에 누웠다. 자기도 모르는 사이 깊이 잠이 들었다.

마리는 어느 길가에서 일어났다. 마리는 당황하며 앞을 봤는데 한눈에 올려 볼 수 없는 아주 큰 건물이 눈앞에 있었다. 마리는 신기해하며 건물 안으로 홀린 듯이 들어갔다. 건물 안에는 로비가 있었다. 로비에 직원이 먼저 말을 걸었다.

"안녕하세요. 꿈건물 예약하신 분이군요? 김마리씨 맞으시죠? 일단 201번 방에 들어가시면 됩니다. 그럼 부디 행운을 빌어요."

직원은 '201호'라고 적힌 흰 종이를 마리에게 주었다. 마리는 살짝 미소를 지으며 201번 방을 찾기 시작했다. 하지만 1번 방부터 십만 번 방까지 무작위로 섞여 있어서 겨우 2시간 만에 201번을 찾았다. 마리는 땀을 닦으며 201번 방에 들어갔다.

꿈의 방에는 엄청난 것이 있었다. 온통 마리가 좋아하는 것들로 채워져 있었다. 마리는 콧노래를 부르며 시작부터 쏙 빠져 구경했다. 심지어 '모나리자'와 '해바라기' 작품도 있었다. 마리에겐 그야말로 초등학생 때 놀이공원을 갔었던 기분을 느끼게 했다. '역시 알약을 먹길 잘했어!' 마리는 한참을 정신없이 꿈의 방을 들러보고 있었다.

'삐삐– 삐삐–'

갑자기 경보음이 울리며 꿈이 보였다 안 보였다 반복하기 시작했다. 마리는 예상치 못한 일에 당황하며 소리쳤다. 잠시 후 경보음이 멈추더니 안내 방송이 나왔다.

"잠시만 기다려 주시면 저희가······."

안내 방송이 나오는 도중 '찌직.' 소리가 나며 끊겼다.

"다들 괜찮으세요?"

마리는 애써 침착하며 여기에 사람들을 걱정했다. 그런데 갑자기 어딘가에서 불만이 가득한 목소리로 대꾸했다.

"아뇨, 괜찮지 않아요."

마리는 걱정되는 마음에 목소리가 들리는 쪽으로 달렸다. 그런데 계속 달리면서 숨이 안 차고 마치 누워있는 느낌이 들었다. 어느새 저 멀리서 사람의 형체가 보였다. 아마도 아까 말한 그 사람인 것 같았다. 그러면서 점점 그 사람과 가까워지고 있었다. 마리는 그 사람을 향해 말했다.

"아까 저한테 말하신 분 맞죠?"

"네? 맞긴 한데 이렇게 찾아오실 줄은 몰랐네요."

마리는 미소를 지으며 그 사람 옆에 있는 의자에 앉았다.

"이름이 뭐예요? 전 김마리예요. 그리고 16살이고요."

"아 저는 김지호예요. 그리고 저도 16살이에요."

지호의 말을 듣고 마리는 동갑이라며 반갑다고 조금 수다를 떨었다.

그런데 마리와 지호는 얘기를 나누던 도중 저 멀리 있는 사람의 형체를 보았다. 그 사람은 점점 마리에게 다가왔다. 자세히 보니 마리에 두 눈을 보고 차갑게 웃고 있었다.

"지호야 저기 봐봐. 어떤 사람이 날 보며 소름 끼치게 웃고 있어."

"뭐? 갑자기 왜 그래. 난 안 보이는데? 난 무서운 거 싫어하는데, 네가 한 번 가봐."

마리는 지호가 상황 파악을 못 해서 조금 답답했다. 마리는 어쩔 수 없이 그 형체에 다가갔다. 마리는 그 형체를 보자 깜짝 놀랐다.

"김마리? 너 맞지. 나 성훈이야!"

"성훈이? 성훈아 네가 왜 여기 있어?"

마리가 놀라며 말했다.

성훈이는 사실 마리와 유치원부터 중학교 때까지 같은 반이었던 아주 친한 친구였다.

"안녕 마리야! 근데 갑작스럽지만 너 지금 돈 얼마 있어? 내가 아까 어떤 사람한테 만 원을 주고 미래를 봤어. 너도 해볼래? 앞으로 어떤 일이 벌어질지 궁금하지 않아?"

성훈이가 말을 더듬으며 말했다.

"그래? 나도 마침 2만 원 있는데 지호까지 같이 봐달라고 해야겠다."

"지금 나한테 줘. 그분의 장소는 아무에게나 가르쳐줄 순 없어서."

성훈이가 2만 원을 달라고 손짓했다. 마리는 하는 수 없이 주머니에 있던 지갑을 꺼내서 성훈이에게 2만 원을 줬다.

"이따가 결과 나오면 여기에서 다시 만나자."

마리가 말했다. 성훈이는 알겠다며 바람처럼 사라졌다.

때마침 저 멀리서 지호가 오고 있었다.

"지호야 왔어?"

"응, 지금은 괜찮은 거야? 근데 아까는 왜 갑자기 저 멀리에 무슨 사람이 있다고 말한 거야?"

지호가 마리 옆에 있는 계단에 걸터앉았다.

"아까 진짜 안 보였어? 갈색 머리에 짧은 머리……."

"아니 진짜, 안 보였어! 나 사실 그때 네 말 듣고 진짜 무서워서 그렇게 말한 거야. 난 진짜 안 보였단 말이야."

마리는 지호가 조금 답답했지만 지호가 눈이 좀 나빠서 잘 안 보인다고 생각했다. 마리는 아까 겪은 일을 지호에게 알려줬다. 지호는 마리의 말을 듣고 깜짝 놀랐다.

"뭐? 성훈이? 나 예전에 성훈이한테 미래 봐준다고 해서 만 원 주고 상담받았어!"

"아 진짜? 나도 아직은 성훈이가 결과 안 알려줘서 모르는데 너 정확하게 맞았어?"

"나도 잘 모르겠어, 3년 전이라서 기억이 가물가물한데. 아 맞다! 나 아까부터 궁금해했었는데 너 어디에서 살아? 나는 인천의 온실동에서 살아."

지호의 말을 들은 마리는 화들짝 놀라며 말했다.

"뭐? 인천 온실동? 나 온실동에서 사는데! 왜 그동안 못 봤지? 나 온실 중학교에 다니는데."

"진짜? 그럼, 우리 나중에 꿈에서 깨어나면 온실 카페에서 만날래? 거기 엄청 유명하잖아! 문 열기 전에 줄을 서도 해도 20분 만에 꽉 차는 카페 말이야."

지호가 말했다.

"뭐? 온실 카페? 거길 어떻게 가. 나도 예전에 한번 가보려다가 3시간 동안 시간 낭비하고 그냥 집에 갔어."

"괜찮아, 마리야. 사실 이거 비밀인데 우리 엄마 온실 카페 사장이야. 우리 엄마한테 말하면 남는 테이블에 바로 앉아서 먹을 수 있어. 근데 진짜 비밀이다? 너한테 처음 말하는 거란 말이야."

"뭐? 놀랍네. 내 입은 아주 무거우니까 일단 나한테 알려준 건 잘했어!"

마리의 말에 지호는 뭔지 모르게 가까워지는 느낌이 들었다.

"그런데, 지금은 '꿈건물'에 갇혔는데 어쩌지. 우리 약속은 영원히 취소되는 거네."

"괜찮을 거야. 꿈 탈출 방법을 고민해 보자. 여긴 꿈이라서 그렇게 오래 버티지 못할 거야, 우리가 '꿈건물'에 들어오기 전에 '특수 알약'을 먹었잖아. 알약하고 연관해서 생각해 보면 뭔가 좋은 수가 생각나지 않을까?"

지호가 머리를 긁적이며 말했다.

잠시 후, 마리가 흥분하며 소리쳤다.

"우리가 '꿈건물'에 들어가기 전에 '특수 알약'을 먹었
잖아? 그러면 그 반대로 '특수 알약'을 뱉는 거야! 말 그
대로 일부러 토를 하는 거지! 괜찮지 않아? 지금 당장 시
험 해보는 건 어때?"

"오? 좋은데!"

다리를 꼬고 앉아 있던 지호가 맞장구치며 벌떡 일어났
다.

"어, 어! 으악!"

지호가 한 칸 낮은 계단을 잘못 디디고 아래로 굴렀다.

"안 돼!"

마리가 소리치며 지호를 일으켰다. 지호는 충격이 컸는
지 갑자기 욱욱거리더니 토를 하기 시작했다. 꿈속 건물
은 알약 외에 아무것도 먹을 수가 없어서 계속 물만 나왔
다. 마리는 속이 울렁거리는 지호의 등을 두드렸다. 그때
였다.

"김지호! 나왔어. 봐봐. 알약이야!"

지호도 그제야 속이 편해진 듯 고개를 들었다. 그 순간

지호가 눈앞에서 사라졌다. 마리는 벌떡 일어나 주변을 두리번거렸다.

"김지호!"

'사라졌어. 꿈에서 깨어난 게 분명해.'

"저런, 지호는 사라지고 너만 남았네?"

언제 나타났는지 성훈이 소름 돋는 미소를 지으며 마리를 향해 점점 다가오고 있었다. 마리는 당황했지만 토를 하면 꿈에서 깨어날 수 있는 확신을 얻었다. 성훈이가 마리를 향해 크게 소리를 질렀다.

"마리야 벌써 꿈속을 나가려고? 뭐, 나가는 거면 네 미래는 듣고 가야지. 아까운 2만 원만 날리잖아! 그럼 얼른 알려줄게, 곧 너는 위험해져……."

성훈은 도망가는 마리를 향해 소리쳤다. 마리는 더는 듣고 싶지 않아 귀를 막았다. 미래는 알고 싶지 않았다. 무조건 이곳을 나가야 한다. 슬쩍 뒤를 돌아보자, 성훈이가 무서운 속도로 쫓아오고 있었다. 아무리 학교에서 잘 뛰기로 소문난 마리였지만 평소보다 훨씬 숨이 찼다.

힘이 빠진 마리의 다리가 서로 엉켜버렸다.

"악!"

바닥에 엎어진 순간 알약이 튀어나왔다. 점점 꿈속과

자신이 분리되는 느낌이 들었다. 성훈이의 분을 못 이겨 고래고래 지르는 소리가 귓가에서 점점 멀어졌다.

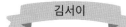
학교에서 시작된 나의 빛

"이쁜 공주님이시네요. 축하드려요."

드디어 일곱 번의 인공수정을 통해 아이가 나왔다.

평생을 부모님 안에서 계속 보호받으며 살던 은하도 드디어 중학교에 입학하였다.

"축하해 은하야 다치지 말고 꼭 누가 괴롭히면 엄마한테 말하고."

엄마가 신신당부했다. 은하는 부모님 품에서만 계속 자라 오며 초등학교에서도 그리고 살아왔다. 은하는 모든 것이 생소했다.

"중학교는 어떤 곳일까 정말 기대된다."

교실 안은 시끄러웠다. 벌써 친구를 사귄 애들도 있는 것 같았다. 은하도 친구를 사귀고 싶었지만, 친구들과 많이 어울리지 못했다. 자리에 앉은 은하는 뭐라도 해야 할 것 같아 가방을 뒤적였다. 그때였다. 한 친구가 와서 은하에게 말을 걸었다.

"옆에 앉아도 될까?"

친구의 말에 은하의 목소리가 들떴다.

"그럼! 앉아도 돼."

처음 느껴보는 설렘이었다. 그에 비해 앞의 친구는 그렇게 신나 보이지는 않았다.

"안녕."

"안녕!"

말 한마디를 꺼내자마자 심장이 콩닥콩닥 뛰었다.

'어떤 말을 해야 하지. 음, 이름을 물어봐야 하나?'

그때 친구가 먼저 물었다.

"이름이 뭐야?"

"나? 나 김은하. 너는?"

"나는 한울이야 너 이름 예쁘다."

은하는 친구를 사귀는 방법이 이런 것인가 생각하며 행복했다. 쉬는 시간마다 한울이와 같이 다니며 꼭 붙어 다녔다. 학교가 끝나도 집에 가는 길에 항상 같이 수다를 떨며 갔다. 그때 한울이가 은하에게 물었다.

"너는 학교 끝나고 뭐해? 난 클라이밍 장 가는데 같이 가볼래?"

은하는 학원에 가야 했다. 하지만 한울이와 친해지고 싶어 잠시 고민했다. 은하는 결심했다.

"그래 가보자! 나 아직 학원 가려면 시간 좀 남았어!"

은하는 클라이밍이 너무 재미있었다. 생소하고 체육 활동을 하는 것 자체가 처음이었다. 부모님이 매일 학교에서도 못하게 했기 때문이다.

'띠리리리띠리리리.'

학원 전화였다. 은하는 클라이밍이 너무 재미있어 학원에 가지 않고 놀고 싶었다. 은하는 전화를 받지 않고 클라이밍을 더 하기로 결심한다. 시간은 너무 빠르게 흘렀다.

'띠리리리띠리리리.'

이번엔 엄마였다. 전화를 받자마자 엄마는 버럭 소리를 질렀다.

"야! 김은하 학원 안 가고 뭐 했어? 학원에서 전화까지 했다는데 전화도 안 받고 어!"

"엄마 나 친구랑 놀러 간 거야."

"어디로!"

"어, 나 도서관······."

일단 불은 껐지만 집에 가까워질수록 거짓말한 것이 마음에 걸렸다. 현관 앞에서 기다리고 있던 엄마와 눈이 마주쳤다.

"엄마, 사실은 친구 따라 클라이밍 갔었어."

"뭐? 내가 위험한 곳 가지 말랬잖아. 위험하다고 다친다고! 다시는 하지 마."

터덜터덜 엄마 뒤를 따라 집에 들어온 은하는 마음이 답답했다. 클라이밍 벽이 눈앞에 아른거렸다.

아침부터 내리는 비가 은하의 마음 같았다. 먼저 온 울이가 환하게 은하에게 손을 흔들었다. 은하는 웃을 수 없었다.

"나 오늘부터 클라이밍 못할 것 같아."

은하는 너무 슬펐다.

"왜? 왜 못 가는 거야."

"부모님이 많이 반대하셔서. 미안해."

한울이는 은하와 함께 클라이밍을 너무 배우고 싶었다.

"나 저번에 클라이밍 대회 나가서 상 받았어. 어제 집에 도착했더니 연락이 왔더라고."

"나도 너처럼 잘해서 상도 받고 싶다."

은하에게 꿈이 생겼다. 부모님의 과잉보호 때문에 자신의 꿈도 없이 살아온 은하에겐 너무나도 행복하고 신나는 일이었다.

"그렇게 하고 싶으면 부모님 몰래 가자!"

한울이가 진지하게 이야기했다.

하루 종일 수업을 들어도 귀에 들리지 않았다. 정말 포기하고 싶지 않았다. 하교 후에 클라이밍 장으로 갈리는 길목에 다다르자, 심장이 터질 것 같았다.

"나도 갈래. 클라이밍 장."

은하와 한울이는 클라이밍 장으로 곧장 갔다.

은하는 한울이와 함께 매일 학교가 끝나면 클라이밍 장으로 향했다. 할 수 있다는 생각만으로 매일 하다 보니 실력도 늘었다. 용기와 자부심 같은 감정도 느꼈다. 뿌듯함이 은하에겐 가장 기쁜 감정이었다. 그때 한울이가 와서 말했다.

"너 이제 잘하는 것 같아 유소년 클라이밍 대회 한번 나가 볼래?"

은하는 맘이 두근두근 떨리면서 불안하기도 했다

은하가 걱정된 맘으로 말했다.

"부모님 허락 필요하지 않아?"

"필요할 거야."

"아 그렇겠지."

"미안하다. 내가 괜한 말을 했네. 부모님이 반대하신다는 걸 깜빡했어."

"나는 안 된다고 해도 어떻게 해서든지 나갈 거야!"

그 말을 한 후 은하는 집으로 뛰어갔다. 어디서 용기가 났는지 다짜고짜 엄마를 불렀다.

"엄마, 나 클라이밍 대회 나가야겠어."

"뭔 소리야! 엄마가 안 된다고 했지!"

"엄마가 안 된다고 해도 나는 어떻게든 나갈 거야."

'쾅'!

은하는 자기 할 말만 하고 방문을 닫고 들어가 버렸다. 아침에 엄마는 보이지 않았다. 식탁에 늘 마시던 유기농 주스 잔 아래에 작은 쪽지가 있었다.

'아직도 엄마는 네가 위험한 게 싫어. 하지만 그렇게까지 원한다면 엄마의 걱정을 잘 다스려 볼게. 미안하지만 대회는 보러 가지 못할 것 같아.'

은하는 세상을 다 얻은 것 같았다. 다음날 그다음 날에도 매일 클라이밍 장을 갔다.

대회가 1주일도 남지 않았다. 한울이와 은하는 또 연습하고 또 연습했다. 같이 응원의 말도 해주고 아주 열심히 대회 준비를 했다. 드디어 대회 날이 다가왔다. 하지만 한울이가 보이지 않았다.

"어 한울이가 어디 있지? 코치님? 한울이 아직 안 왔나요?"

"한울이는 오늘 출전을 못 하게 됐다. 어제 갑자기 몸이 좋지 않아서 밤에 응급실에 다녀왔다는구나. 은하 힘내고!"

은하는 한울이가 없으면 불안했다. 다른 사람들이 잘하는 것을 보고 은하는 걱정이 밀려왔다.

나도 저렇게 잘해야 할 텐데. 드디어 은하 차례가 왔다.

진행자가 은하를 불렀다.

"김은하 선수 입장."

은하는 이 말을 듣자마자 심장이 요동쳤다.

'내가 잘할 수 있을까?'

불안함과 긴장되는 목소리였다.

"타이머 시작합니다."

'삐삐삐!'

은하가 출발했다. 은하는 긴장을 많이 했다.

어려운 코스를 고른 은하는 50.48초의 기록을 냈다.

다 내려오니 익숙한 목소리가 들렸다. 한울이었다. 그 순간 은하가 긴장이 풀린 듯 한울이를 잡고 펑펑 울었다.

"한울아 내가 해냈어!"

"다 열심히 한 네 노력의 결과야."

드디어 시상식이 왔다. 3등과 2등이 호명되었다. 드디어 1등 발표가 남았다.

"1등 김은하. 모두 축하드립니다."

은하가 그 말을 듣자마자 놀라며 환호했다. 메달을 받는 그 순간이 은하에게는 너무나 행복한 일이었다. 은하가 수상소감을 말했다.

"제가 여기까지 올 수 있었던 것은 학교 친구이자 클라이밍을 저에게 알려준 한울이 덕분에 여기까지 올 수 있었던 것입니다. 그리고, 여기에 안 계시지만 허락해 주신 엄마. 고마워요."

은하가 울먹거리며 무대 밑에 있는 한울이를 쳐다봤다. 한울이는 방긋 웃고 있었다. 그때였다.

"김은하!"

엄마가 눈앞에 나타났다. 은하는 엄마에게 다가가는 발걸음이 가볍지 않았다.

'부모님이 이제 더 이상하지 말라고 말씀하시면 어떡하지. 혼나서 인정받지 못한다면…….'

엄마와 가까워질수록 긴장되고 초조했다.

"열심히 하고 노력해서 받아낸 상이니까 엄마가 반대하지는 않을게. 대신에 절대로 다치지 마!"

엄마가 먼저 은하를 안아 주셨다. 아빠는 그 옆에서 엄지척을 날렸다. 은하가 아주 행복하게 말했다.

"네!"

은하는 꿈도 엄마도 잃지 않아 알아갈 듯 기뻤다. 클라이밍 벽이 눈부시게 빛났다.

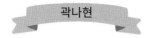

희망

2020년 겨울, 서울의 한 동네에서 이희망이라는 13살 소녀가 살고 있었다.

희망이에겐 작고 귀여운 7살 동생, 소망이가 있었다. 희망은 평범한 일상을 살고 있었지만, 사실 희망이에겐 아무에게도 말하지 못하는 비밀이 있었다. 사실 희망인 전생의 기억들을 가지고 있었다. 그중 가장 선명하게 남아 있는 기억은 희망이 전생에서 죽은 날이었다. 그날 겪은 끔찍한 죽음 때문에 희망이는 죽음에 대한 큰 두려움과 아픔을 간직하고 있었다.

"희망아, 학교 같이 가자!"

희망이의 집 앞에 찾아온 미래의 목소리였다. 미래는 희망이의 8년 지기 친구이자 같은 아파트에 살았다.

"응, 미래야 미안한데 조금만 기다려 줘"

희망은 자신을 기다려 준 미래가 고마워서 얼른 준비를 하고 나왔다. 미래가 희망이를 데리러 온 그날, 희망이의 인생을 바꿀 일이 일어났다.

"희망아, 혹시 요즘에 소망이 무슨 일 있어?"

미래가 걱정하는 목소리로 희망에게 물었다.

"어? 아니 없는데, 왜?"

"오늘 소망이 표정이 안 좋아서 물어본 거야. 무슨 일 없으면 다행이고."

"우와 학교 벌써 다 왔네."

미래가 신난 목소리로 말했다.

"응 그러게."

미래는 아까 소망이의 표정이 찝찝했는지 처진 목소리로 대답했다.

"그럼, 좀 이따 봐!"

희망이가 밝은 목소리로 말했다.

"으, 드디어 끝났다."

희망이 신나는 목소리로 말했지만, 미래의 표정은 썩

좋지 않아 보였다.

"아, 미래야 우리 떡볶이 먹자!"

희망이 밝게 말했다.

"응, 그러자."

미래는 아까보다는 괜찮은 목소리로 말했다. 희망은 밖에서 미래와 논 후 집에 들어왔다. 집엔 아무도 없었다.

'어? 이상하네. 왜 소망이가 없지?'

희망은 소망이 사라져서 너무 놀랐지만 침착하게 소망을 찾아보았다. 하지만 소망은 그 어느 곳에도 없었다.

"띠리리링, 띠리리링"

전화벨 소리였다.

"어, 희망아 왜?"

미래가 희망이 건 전화를 받았다.

"그게……."

희망이 울먹이는 목소리로 미래에게 상황을 설명했다.

"뭐? 소망이가?"

미래는 못 믿겠다는 듯 말했다.

"꺄아악."

옥상에서 들리는 소리였다. 희망은 놀라서 바로 옥상으로 올라갔다. 옥상에는 사람의 시체와 사방으로 튄 피가 있었다.

"소, 소망아."

희망은 눈으로 본 광경을 믿을 수 없었다.

"얘야, 너 아는 사람이야?"

처음 소망을 발견한 아주머니가 희망에게 물어봤다.

"아, 제 동생이에요. 친동생"

희망은 이 사실이 믿기지 않았다. 희망이 대답한 후 희망은 그 자리에서 쓰러졌다.

의사의 말로는 스트레스로 인해서 쓰러진 거라고 하는데 희망이 쓰러진 진짜 이유는 스트레스가 아닌 희망의 트라우마 때문이었다. 희망은 소망이 세상을 떠난 후 큰 상처를 받았지만, 상처는 아직 다 아물지 못하고 있었어요. 동생이 떠난 후, 희망은 정신적으로 매우 큰 고통을 받게 되었고, 종종 현실과 과거의 아픔 사이에서 혼란을 겪기도 했다. 희망은 트라우마를 극복하려고 노력했지만, 쉽지 않았다.

평소 학교에서 밝던 희망이도 소망이가 세상을 떠나자 평소의 희망이와는 다르게 조용해지고 항상 우울해 보였었다. 미래는 문자에 답장도 못 하는 희망이가 걱정이 되었다. 희망은 학교 담임선생님의 권유로 동네에 있는 작은 병원인 행복 정신병원을 찾아가게 되었다. 정신병원에서 희망은 병원 원장선생님의 도움을 받으며 천천히 회복해 나갔다. 희망은 자신의 과거와 현재를 마주하며 힘을 내어 트라우마를 극복해 나갔다. 그리고 미래도 더 이상 희망이를 걱정하지 않았다. 그렇게 희망에게는 행복이 찾아왔다. 그리고 일주일에 한 번씩 무조건 해야 하는 일도 생겼다.

바로 소망이에게 가는 것.

매주 주말마다 희망인 소망이를 보러 버스를 타고 찾아갔다. 가끔 미래와도 함께 갔다. 희망이 어려움을 극복하고 행복한 나날을 보내고 있을 때 희망에게 불행이 찾아왔다.

"끼이익, 쾅"

마을버스의 뒤를 고급 승용차가 세게 들이박았다.

사고는 생각보다 작게 난 것 같지만 버스 뒷자리 승객들과 승용차의 운전사에겐 결코 작은 사고가 아니었다. 버스 뒷자리에 탄 두 명은 바로 사망하였고 남은 한 사람과 운전사도 심한 부상을 입었다. 그런데 하필 마을버스 뒷자리 승객 중 1명이 희망이었다.

'으, 여기가 어디지'

희망이 눈을 떠보니 낯선 곳에 와 있었다.

'아, 아무래도 죽은 것 같은데. 소망이를 만나면 꼭 잘 해줘야지. 사과도 하고, 미래는 어떡하지 너무 슬퍼하지 않았으면 좋겠는데.'

희망은 자신이 죽기 직전이란 것을 눈치챈 듯 말했다. 마음속으로 이야기하는 동안 희망의 몸은 점점 더 가벼워지고 있었다.

'아, 이번 생은 잘 산 거 같다.'

희망은 행복한 표정을 지으며 점점 눈을 감았다.

2021 봄

"희망아, 나 왔어. 나 요즘 들어 혼잣말이 얼마나 늘었게. 이거 꼭 보고 나 오늘 가볼게! 소망이 보러 가야 해서 잘 있어."

미래는 희망이가 없어도 괜찮다고 마음에 굳게 새겼지만, 막상 희망이가 웃고 있는 사진을 보면 그러지 못했다.

'역시 난 희망이가 없으면 못 살 거 같다.'

희망이가 고생했다는 걸 알기에 난 더 희망일 좋아했다. 나와는 다르게 너무 멋져서 좋아하고 또 좋아하고. 미래는 섭섭한 표정으로 희망의 곁을 떠났다.

집에 돌아온 미래가 티비 채널을 돌리고 있는데 충격적인 뉴스가 시선을 사로잡았다.

"어? 도대체 저게 사실이야? 소름 끼쳐."

뉴스 기사의 내용은 소망이를 칼로 찌른 범인이 희망이가 탔던 마을버스 사고를 낸 고급 승용차 운전자였다는 내용이 먹먹한 소리로 반복되었다. 그 범인이 소망이에게 협박 편지까지 보냈었다는 것. 미래는 너무도 끔찍했다. 몸서리쳤다.

미래는 고통을 받았을 소망이가 너무나 안타까웠다.

"가야겠다. 당장."

미래는 얼른 짐을 챙겨 소망, 희망에게 갔다.

"이번 정류장은 주택 단지 주택 단지입니다."

버스 안내 방송이 나오고 미래는 바로 짐을 챙겨서 내렸다. 도착하고 보니 무언가 이상했다. 사람들이 많아도 너무나 많았다.

"어? 저긴 소망이 자린데, 무슨 일 있나?"

미래는 걱정이 됐지만 일단 희망이를 먼저 보러 갔다.

"희망아! 나, 왔어."

"이거 두고 갈게. 꼭 읽어 봐봐!"

'읽어주겠지?'

"나, 간다! 잘 있어"

미래는 얼른 선물을 놓고 뛰어서 소망이에게 갔다.

사람들은 여전히 많았다.

'어, 왜 다들 거기 있지?'

미래는 소망에겐 가지 못하고 집으로 돌아왔다.

집에 와서 미래는 놀라운 글을 봤다.

'어? 이건 소망이 이야기?'

그 글의 내용은 어린 나이에 별이 된 소망이 이야기였다.

'소망이가 이 글을 좋아할까? 소망인 그러지 않을 거야. 다들 그런 생각은 못해봤나? 너무 속상하다.'

미래는 알지도 못하면서 위로한다고 올리는 SNS에 글들이 맘에 들지 않았다. 소망이는 아무리 그런 말로 위로해도 없으니까. 오늘따라 희망이가 너무나 그리웠다. 미래는 편지지 한 장을 책상 위에 놓고 한참을 바라봤다. 그러고는 뭔가 결심이 섰는지 한 자씩 정성스럽게 써 내려갔다.

희망이에게

희망아! 안녕 오랜만이다. 잘 지냈어? 난 잘 지냈어.

와. 나 편지 진짜 오랜만에 쓴다. 나 마지막 편지는

너한테 썼던 편진데,

내가 재작년 크리스마스 때 친구들한테 편지쓰기 했었잖아.

그때 진짜 재미있었었는데. 희망아 나 너 너무 보고 싶어.

너도 그러지? 나만 그러면 조금 민망할 거 같은데.

나 이번에 반 배정 진짜 잘 됐어! 딱 너만 있었으면 좋았는데. 아쉽다.

그리고 희망아, 우리 올해 벚꽃 보기로 했었잖아!

우리 꼭 같이 벚꽃 보자 올해는 진짜 예쁠 거래.

나중에 우리 볼 때는 더더욱 예뻤으면 좋겠다.

요즘 나 좋아하는 노래 있는데 그 노래도 나중에 같이 듣자.

그리고 피크닉도 가서 네가 좋아하는 돈가스 김밥도 먹고. 재밌겠다.

그리고 희망아 나 원하는 게 있어!

바로 너의 영원한 친구 되기. 그러니 내 꿈에 자주 와줘.

존경하는 나의 친구 희망아. 많이 사랑하고 또 보고 싶어!

너의 영원한 친구가 되고픈 미래가.

미래는 편지 위로 얼굴을 파묻었다. 그렁그렁 떨어지는 눈물에 펜이 번졌다.

작가의 말 및
지도교사 지도작가 소감문

길찬

　나는 '책방글'이라는 모임에 들어갔다. 처음에는 책을 읽는다고 들어서 신청했지만 내가 직접 작가가 되어 이 글을 쓰게 될 줄은 몰랐다. 사실 처음에 당황했지만 쓰다 보니까 이야기를 완성하게 되었다. 가장 힘들었던 점은 주제를 정하는 것이었다. 왜냐하면 주제를 정확하게 잡을 수 없어서 자주 소재를 바꾼 탓에 여러 번 글을 써야 했던 것이 힘들었다. 하지만 포기하지 않고 할 수 있었던 것은 작가님을 믿고 끝까지 썼기 때문이다. 매우 뿌듯했고 한 단계 자란 느낌이 들었다. 주인공 '찬'이 앞으로 더 멋진 탐정이 되길 바란다.

곽나현

친구들과 함께 서로 격려하며 이야기를 완성하는 시간이 즐거웠습니다.

처음 써본 글이라서 부족한 부분도 많지만 재미있게 읽어주세요!

김지우

사실 처음 도서부에 신청했을 때 이렇게 책을 쓸 줄 몰랐다. 하지만 다시 생각해 보면 도서부에 가입해서 이런 값진 경험을 얻어 다행이라고 생각한다.

글을 쓰면서 썼다 지우기를 반복하는 과정에서 고생도 했지만, 끝까지 나를 믿어주고 도와주셨던 작가님과 사서 선생님께도 이 책을 빌려 감사 인사를 전하고 싶다. 앞으로도 이 경험을 바탕으로 끈기 있는 삶을 살 것이다.

전우일

처음에는 빠르게 쓰고 빠르게 끝날 줄 알았습니다. 그런데 쓰면 쓸수록 아이디어가 떠오르더군요. 끝이 나지 않자 결국 이야기를 5분의 1로 바꾸었습니다. 지금 생각해도 참으로 어이없고 이상한 이야기지만 그렇게 하지 않았다면 아직도 이 이야기는 끝나지 않았을 것입니다. 여러분이 모두가 이 이야기를 읽고 웃고 울고 공감했기를 바라며 이야기를 마칩니다.

이정우

예전부터 책을 한 번쯤 내고 싶었는데 이렇게 기회가 오게 되어서 정말 기쁩니다. 재미있게 읽어주시면 감사하겠습니다!

안도현

우리 어머니께서 책 디자인을 하셨기 때문에 한번 책을 내고 싶다고
생각했었는데 그 생각을 이루게 되어 정말 기쁩니다. 앞으로도 열심히 글을 쓰겠습니다.

신수현

원래 글을 쓰는 것도 좋아하고 관심도 많아서 언젠간 책을 내보고 싶었는데 이번 기회로 이렇게 글을 쓰게 돼

서 너무 기쁘고 재미있었습니다.

이 책 재밌게 읽어주세요.

안수경

오늘 드디어 원고 수정이 끝나고 작가의 말을 쓰네요! 소설을 쓰면서 힘든 게 많았는데 책방글 덕분에 힘을 낼 수 있었습니다. 예전에는 종이에 그림 그리고 연필로 직접 글을 썼는데 이번에는 컴퓨터(노트북)으로 소설을 써서 신기하고 새로웠습니다! 이 책을 완성할 수 있었던 것은 작가님과 선생님 덕분입니다. 그리고 책에 있는 마리와 지호가 매일매일 싸우지 않고 즐겁게 같이 살기 바랍니다. 마지막으로 이 책을 재미있게 읽어주실 독자 여러분 감사합니다!

김서이

저는 늘 글을 써보고 싶었는데 이런 좋은 기회로 글을 썼다는 것이 너무 좋습니다. 제가 이 글을 쓰는 동안 너무 행복하더라고요. 제가 행복했던 만큼 재미있게 읽어주시길요!

홍유민

글 쓰는 게 힘들었다. 주인공 이름도 잊을 때가 있었고 대사 쓰는 것도 쉽지 않았다. 처음 이야기를 쓸 때 보다 더 힘든 건 수정이었다. 그래도 조금씩 나아지는 글을 보며 보람되기도 했다. 가장 좋았던 것은 상황이나 행동을 직접 상상하며 이야기를 쓰는 것이 재밌었다.

장은지 사서 선생님

무더운 여름부터 낙엽 떨어진 무렵까지 팝콘처럼 톡톡 튀는 각양각색 10명의 분투기를 담았다. 독서 동아리로 처음 만났던 책방글 아이들이 책을 출판하기까지 쉽지 않은 과정이었다. 읽기에 익숙한 아이들이 처음 글쓰기 프로젝트를 시작하던 순간 열의에 넘쳐 초롱초롱하던 아이들의 눈망울이 뇌리에서 떠나지 않는다. 각자 마음 한구석에는 쓰기에 대한 간절한 소망이 있었던 것이다. 해보고 싶은 것이 너무나 많은 새싹 작가들은 판타지 소설을 쓰고 싶다며 입을 모았다. 막연하게 생각했던 주제에서 16줄 얼개로 체계를 잡고 한 편의 글을 완성하기까지 시간을 거듭할수록 눈부신 발전을 보여줬다. 글쓰기 활동 바로 직전 처음부터 200장이 훌쩍 넘는 이야기를 써와서 모두를 놀라게 하기도, 쓰던 원고를 모두 날려 절망에 빠지기도 하는 등 작가로서의 희노애락을 아이들이 몸소 체험했다. 마감의 압박을 느끼며 글쓰기에 부담감을 가져 포기하고 싶던 순간도 있었지만 서로를 격려하며 이겨냈다. 자신의 무궁무진한 가능성을 사랑하는 아이들이 되기를 바라며 이 글이 언제든지 펼쳐볼 수 있는 앨범처럼 소중한 추억의 한 컷으로 자리 잡기를 기대한다. 보기만 해도 힘이 번쩍 나는 책방글 아이들이 있었기에 이 책을 완성할 수 있었다. 더하여 이들의 글쓰기 활동에 부스터를 달아주신 박라솔 작가님께 깊은 존경과 감사의 말씀을 드린다. 아이들의 작은 목소리가 널리 퍼져 이 책을 읽는 모든 어린이에게 또 다른 상상의 밑거름이 되기를 바란다.

박라솔 지도작가

한편의 이야기를 완성한다는 것은 한 사람의 인생을 짓는 것과 같아서 포기하고 싶은 순간이 오기도 하고, 시작하기조차 두려울 수도 있습니다. 하지만 모든 과정을 거쳐 이야기가 완성되었을 때 밀려오는 만족감이란 이루 말할 수 없지요. 그 '이룸'의 경험을 우리 뇌는 잘 기억했다가 진짜 인생의 어려움이 올 때 발돋움할 받침대로 사용하게 됩니다. 이렇듯 우리 친구들에게 어떠한 장벽 앞에서도 물러서지 않을 용기를 경험할 기회를 주고 싶었습니다. 쉽지 않은 과정이었지만 이야기의 뼈대를 만들고 캐릭터의 내면을 고민하며 함께 성장한 우리 열 명의 '책방글' 친구들에게 박수를 보냅니다. 끝까지 아이들의 원고를 챙겨주셨던 장은지 선생님의 섬세한 배려에 감사드려요.

거의 두 달 가까운 시간 동안 원고에 매달렸던 도현, 정우, 우일, 수현, 나현, 지우. 우민, 찬, 서이. 작가님들! 고생 많았고 늘 너희들의 이야기를 응원할게!

ⓒ 글 인천운서초등학교 책방글

초판 1쇄 2023년 11월 27일 빌행

발행처 (주) 작가의탄생

펴낸이 김용환

디자인 박지현

주소 04521 서울시 중구 청계천로 40 한국콘텐츠진흥원 CKL 1315호

대표전화 1522-3864

전자우편 we@zaktan.com

홈페이지 www.zaktan.com

출판등록 제 406-2003-055호

ISBN 979-11-394-1689-3   03810